D1431818

L'atlas mystérieux

tome 1

PETAWAWA PUBLIC LIBRARY

Dans la collection Chat de gouttière

L'atlas mystérieux

tome 1

un roman de

Diane Bergeron

illustré par
Sampar

SOULIÈRES ÉDITEUR

case postale 36563 — 598, rue Victoria
Saint-Lambert (Québec) J4P 3S8

Soulières éditeur remercie le Conseil des Arts du Canada et la SODEC de l'aide accordée à son programme de publication et reconnaît l'aide financière du gouvernement du Canada par l'entremise du Programme d'Aide au Développement de l'Industrie de l'Édition (PADIÉ) pour ses activités d'édition. Soulières éditeur bénéficie également du Programme de crédit d'impôt pour l'édition de livres – Gestion Sodec – du gouvernement du Québec.

Dépôt légal: 2004
Bibliothèque nationale du Canada
Bibliothèque nationale du Québec

Données de catalogage avant publication (Canada)

Bergeron, Diane.

L'atlas mystérieux
(Collection Chat de gouttière ; 13)

Pour les jeunes de 9 à 11 ans.

ISBN 2-922225-92-5

I. Sampar II. Titre. III. Collection.

PS8553.E674A94 2004   jC843'.6   C2003-942158-9
PS9553.E674A94 2004

Illustration de la couverture
et illustrations intérieures :
Sampar

Logo de la collection:
Dominique Jolin

Conception graphique de la couverture :
Annie Pencrec'h

Copyright © Soulières éditeur, Diane Bergeron
et Sampar
ISBN-2-922225-92-5
Tous droits réservés
58813

À Guillaume Richard, mon Jean à moi !
Aux élèves de l'école du Vignoble,
qui m'ont inspiré ces aventures.

De la même auteure

Illustré par Sampar
L'Atlas mystérieux, tome 1
L'Atlas brisé, tome 2 (parution septembre 2004)
L'Atlas détraqué, tome 3 (parution février 2005)

Aux éditions Pierre Tisseyre
Le chien du docteur Chenevert, coll. Chacal, 2003, finaliste au Prix Cécile Gagnon 2003

Chapitre 1

C'est trop injuste !

— Va dans ta chambre, Jean ! Et n'en sors pas avant que ton père ne revienne !

« Va dans ta chambre ! Va dans ta chambre... C'est toujours moi qu'on envoie dans sa chambre. C'est toujours moi qui suis puni. C'est toujours moi, et rien que moi... Parce que je suis le plus vieux, parce que je dois montrer le bon exemple, parce que mon petit frère est trop jeune pour comprendre... C'est toujours sur moi que ça retombe. Va dans ta chambre, Jean ! »

« Mais qu'est-ce que je peux faire dans une chambre minuscule, entre quatre murs qui me regardent et qui rient de moi ? Surtout que cette chambre, je la partage avec Junior, mon petit frère de trois ans. Alors là, c'est vrai que les murs rient de moi : les Télétubbies d'un bord, Elmo au plafond, Mickey Mouse de l'autre côté... Non, pas le vrai Mickey ; lui, je l'aime bien, mais bébé Mickey avec son hochet et son biberon. J'ai dix ans et demi, quand même ! Alors les petits blocs, les petits chevaux de bois, les petits camions, Lala et Po... Beurk ! Faut pas exagérer ! »

« Et pas de danger que je puisse laisser mes trucs traîner. Parce qu'à trois ans, mon petit frère, il ramasse tout et il brise tout ! J'ai une bibliothèque pleine de livres, des romans d'aventure, des livres sur les pays que j'aimerais visiter, des histoires de chevaliers... Moi, ce que j'aime, c'est lire, pas ramasser les livres que mon frère laisse traîner partout ! J'ai aussi un lecteur de disques compacts : un cadeau super chouette de ma marraine. Eh bien, je l'ai pris sur le fait, le petit diable : Junior essayait de faire jouer trois disques en même temps. Je lui ai enlevé le lecteur, il s'est mis à

10

brailler. Et qui a été puni ? MOI ! Encore moi ! »

« Des fois, je me demande ce que je fais dans cette famille, pourquoi je ne suis pas enfant unique, pourquoi je suis né ici, à Québec. Ç'aurait peut-être été plus palpitant de naître ailleurs, en Angleterre, par exemple. J'aurais pu rencontrer Harry Potter et je n'aurais pas eu besoin de bûcher pour apprendre l'anglais. J'aurais pu naître au Mexique où il fait toujours chaud et je ne serais pas obligé de mettre ma tuque et mes grosses bottes de neige six mois par année... Ou bien en Floride, comme ça j'aurais pu aller souvent à Disney World et faire du surf, comme mon cousin Timmy qui vit sur la Côte Ouest...»

« Il y a des tas de questions que je me pose : pourquoi je suis un garçon et pas une fille ? Pourquoi j'ai les yeux verts, les cheveux raides et châtains ? Et pourquoi tout le monde n'a pas de taches de rousseur comme les miennes ? C'est vrai que je pourrais porter de grosses lunettes, avoir un tic nerveux ou être allergique au beurre d'arachide. À bien y penser, je suis chanceux d'être comme je suis. C'est juste que, des fois, j'aimerais être différent, vivre ailleurs, ne pas avoir à toujours montrer le bon exemple… Être libre de faire ce que je veux, quand je le veux. Il y a peut-être un endroit comme ça, quelque part dans ce monde immense ? Oui ! J'en suis sûr, ça doit exister ! »

Chapitre 2

Le grenier mystérieux

La chambre de Jean a beau être petite, elle n'en possède pas moins un espace mystérieux, hors de portée. Une quatrième dimension, en quelque sorte.

Cet endroit, c'est le grenier au-dessus de sa chambre. Pour y accéder, il faut passer par la garde-robe, une minuscule pièce que sa mère utilise pour entreposer les manteaux d'hiver, sa robe de mariée et les trucs d'une autre époque qu'elle conserve avec tendresse, comme lui son premier toutou. Au plafond de la garde-robe, une trappe, dernière barrière à son imagination.

13

Lorsqu'il était petit, Jean rêvait que des monstres vivaient tout là-haut. Il se rassurait en se disant que, tant que la trappe du grenier ne serait pas ouverte, les monstres ne descendraient jamais pour le dévorer. Maintenant, Jean a dix ans et il sait que les monstres n'existent pas. Son père, qui travaille en informatique, lui a montré comment on les fabrique à l'ordinateur. Il appelle ça de l'animation. Dans ce cas, si ce ne sont pas des monstres, qu'y a-t-il en haut ? Jean a lu de nombreuses histoires sur des greniers qui renfermaient des choses étranges, inimaginables, épouvantables... Le sien est peut-être un de ceux-là.

Ses parents lui en ont toujours interdit l'accès. Dernièrement, il leur a demandé pourquoi. Ils n'ont rien répondu mais, dans leurs yeux, une étrange lueur a brillé. Était-ce de la peur ? Non. Jean n'aurait pu expliquer ce qu'il y avait vu. Ses parents n'avaient jamais eu ce genre de regard...

La trappe est là depuis toujours, à la fois inquiétante et attirante, inaccessible et pourtant si proche. Jean n'a besoin que de deux choses : un moyen de monter, un escabeau, une échelle ou encore l'ancienne chaise haute de son frère, remisée dans un coin de la chambre ; et... d'une bonne dose

14

de courage ! Oh ! il en a bien un petit peu, comme tout le monde, mais il lui semble que pour accéder à ce monde mystérieux, derrière la trappe, il a besoin de beaucoup, beaucoup de courage.

Aujourd'hui, la trappe l'attire comme un aimant. Jean installe la chaise haute sous l'ouverture et monte sur le siège, puis sur les accoudoirs. Il change brusquement d'idée et descend. Il fouille dans le dernier tiroir de sa commode et en sort une lampe de poche. Il vérifie les piles : elles fonctionnent toujours. Il entrouvre la porte de sa chambre et tend l'oreille. Sa mère prépare le souper, son frère est devant la télé. C'est parfait, il a le temps.

Il respire profondément et remonte sur la chaise. Il est tout juste assez grand pour atteindre la trappe. Il la pousse du bout des doigts : rien ne bouge. Il pousse un peu plus fort : de la poussière tombe, la trappe craque mais tout reste en place. Il n'est décidément pas assez grand. Jean incline la chaise contre le mur et monte sur le dossier. La chaise oscille dangereusement de gauche à droite. Le garçon se hisse vers la trappe et donne un bon coup. La trappe s'ouvre en grinçant. Jean a tout juste le temps de s'accrocher aux rebords de l'ouverture que la chaise tombe avec fracas. Suspendu dans le vide, il retient sa respiration. Sa mère l'appelle d'en bas :

— Jean ? Que fais-tu ? Est-ce que je dois monter ?

— Non, non, maman ! Ça va !

« Ça va, ça va… Non, ça ne va pas du tout, pense Jean. Il faut que je réussisse à grimper ou à redescendre sans me casser le cou. Pourvu que maman ne vienne pas ici. »

Le garçon fait osciller ses jambes comme un pendule d'horloge et se donne un dernier élan. Il réussit à grimper dans le grenier. Ouf ! Ses doigts n'auraient pas tenu plus longtemps.

Jean se sent tout drôle. Il est maintenant « de l'autre côté », il a franchi la limite du « monde interdit ». Il ne peut pas retourner en arrière, pas avant d'avoir soulagé sa curiosité. Il doit explorer le grenier, même si ce n'est que pour trouver un moyen de redescendre.

Il allume sa lampe de poche. À voir l'épaisseur de poussière accumulée, personne n'est venu ici depuis fort longtemps. Au premier coup d'œil, Jean ne distingue que des choses ordinaires, des vieilleries qu'on retrouve dans les greniers ordinaires de gens ordinaires. Il y a une vieille chaise berçante, des cadres au verre cassé, une bicyclette, des boîtes de cartons empilées ici et là.

Jean ouvre une boîte au hasard. Elle contient de vieux livres à moitié moisis. Il en lit les titres : *Physique quantique expérimentale, Mathématiques appliquées aux dérivées temporelles, Chimie des neutrons accélérés...* Beurk ! Pas même une bande dessinée ou un exemplaire des aventures de Tom Sawyer. Que des trucs de savant à lunettes !

Jean feuillette le dernier livre en se demandant à qui il a pu appartenir. Voilà ! C'est écrit Alphonse Delanoix. C'est son grand-père, le père de son père ! Jean ne l'a pas vraiment connu. Ses parents lui ont dit qu'il vivait dans une maison de retraite et n'avait plus toute sa tête.

Quatre chiffres sont écrits en rouge sous son nom : 2, 0, 7 et 5. Qu'est-ce qu'ils peuvent bien représenter ? Une combinaison de cadenas ? Le prix du livre ? Non, il y a une étiquette de prix à l'endos : $55,99. Alors, 2075, c'est quoi ? Une date ? On est en 2004, alors 2075, c'est... dans 71 ans ! « Carrément impossible », se dit Jean, il doit y avoir une autre explication : le futur ne peut pas sentir la poussière et le moisi comme ça !

Chapitre 3

L'armoire sculptée

Jean délaisse les vieux bouquins et continue d'explorer le grenier. En déplaçant les boîtes de livres, il découvre une armoire de bois. Elle est assez haute pour y entrer debout et large d'environ un mètre. Ses deux portes sont sculptées. Jean sait que son grand-père a déjà fait de la sculpture, car une de ses œuvres est accrochée au mur de la salle à manger. Les motifs de cette armoire ne ressemblent pourtant pas aux petits moutons et aux vaches que sculpte son grand-père. On dirait des signes, des hiéroglyphes,

19

comme il peut en voir dans son livre sur l'Égypte. Il y a ici un soleil, là un cube, une épée et une croix… Mais ils sont déformés, comme une image dans l'eau lorsqu'on y jette un caillou. Le dessin le plus surprenant se situe au centre des deux portes.

Jean recule un peu pour mieux le voir. On dirait un vaisseau spatial dans un ciel constellé d'étoiles. Le vaisseau donne l'impression de venir de décoller, non pas de la surface d'une planète, mais de la couverture d'un livre. Et ce livre a une couverture ornée des mêmes signes que l'armoire et il est décoré d'un métal qui brille sous le faisceau de la lampe de poche. C'est fascinant, mais c'est aussi très inquiétant.

Jean se trouve devant deux choix : le plus simple consiste à tout remettre en place et à redescendre dans sa chambre. Faire son « p'tit Jean de rien du tout ! » Mais, il se doute bien qu'il ne pourra trouver le sommeil avant d'avoir la preuve que des bêtes terrifiantes n'habitent pas derrière ces deux portes sculptées.

Tout compte fait, le deuxième choix n'est peut-être pas si mauvais que ça : ouvrir les portes tout de suite et jeter un coup d'œil. Que peut-il trouver de si terrible dans cette armoire ? Du vieux linge ? Des lettres d'amour de sa grand-mère ? Le squelette d'un vieil oncle ?

Jean met la main sur la poignée de l'armoire. Soudain, quelqu'un cogne à la porte de sa chambre. Il passe la tête par la trappe du grenier. Son petit frère veut entrer. Jean entend vaguement sa mère dire à Junior de laisser son grand frère tranquille. Ouf !

Dans un coin du grenier, Jean remarque une échelle de corde. Il l'installe et commence à descendre. Jean hésite. Une petite voix intérieure le presse d'agir :

« Jean ! Du courage, voyons ! Tu meurs d'envie d'ouvrir cette armoire. Vas-y ! Juste un petit coup d'œil. Tu redescendras après. »

Il remonte lentement et avance vers l'armoire, comme un zombie qui ne contrôle pas ses mouvements. Il met la main sur la poignée et la retire vivement : elle est chaude. Pas très chaude, mais plus chaude qu'elle ne devrait l'être, dans un grenier froid et humide... C'est encore son imagination, c'est sûr !

Jean prend une grande inspiration et ouvre les portes en plissant les yeux, comme si ce qu'il allait voir pouvait l'éblouir.

Chapitre 4

Le livre étrange

Pas de lumière éblouissante. Pas de squelette qui lui tombe dans les bras. Pas de monstre hurlant non plus. Juste un livre. Un simple livre déposé au fond de l'armoire. Jean est rassuré, mais déçu en même temps.

Il prend le livre et l'examine. Il n'est pas très grand, comme une bande dessinée, à peu près. Mais il est plus épais et plus lourd. Sa couverture est en bois, avec les mêmes signes et les mêmes peintures dorées que les portes de l'armoire. Jean imagine sa mère lui dire : « Attention, ce livre est très précieux. Prends-en soin ! »

Il ouvre le livre puis le referme vivement. Peut-être y a-t-il des indications à l'endos du livre, un résumé ou des instructions ? Ou une mise en garde comme sur les tombeaux des pharaons : *«Celui qui profanera ce livre subira les pires malédictions du monde dans les prochaines vingt-quatre heures !»* Non, rien n'est écrit : ni titre ni auteur, pas d'avertissement non plus. Étrange !

Jean prend une grande inspiration et ouvre le livre. À première vue, on dirait un atlas : des cartes géographiques de plusieurs pays, avec le nom des villes, des montagnes, des lacs, des forêts et des déserts. Jean est tout excité. De toutes les matières étudiées à l'école, la géographie est sa préférée. Sa mère lui a raconté que, lorsqu'il avait trois ans, il avait déchiré une carte d'atlas à force de suivre le parcours des rivières avec son doigt. Et elle lui disait : « Jean, un jour, tu seras sûrement un explorateur ! »

Entre chaque carte de l'atlas, il y a une feuille de papier avec le mot SOUVENIRS gravé en lettres dorées. Le papier est jauni.

Curieusement, certaines cartes géographiques sont très anciennes, alors que d'autres sont récentes, comme celle de la Bosnie et des pays de l'Europe de l'Est. Le père d'Alex, son meilleur ami, est militaire. Et à son retour de Bosnie, il leur a expliqué, à l'aide de photos et d'une carte, quelle était sa mission là-bas. C'était exactement la même carte !

Jean continue de tourner les pages du livre. Sur l'une des cartes, qui a l'air très ancienne, il remarque une île immense en plein milieu de l'Océan Atlantique. Cette île porte le nom d'«Atlantide»! Stupéfiant ! Au début de l'année, Jean a fait une recherche sur les civilisations disparues. Il a lu qu'un grand mystère entourait cette île fabuleuse et que les archéologues se disputaient même sur le fait qu'elle ait vraiment existé. Comment cet atlas pouvait-il être à la fois très récent et très ancien ?

— Jean, viens souper !

« Zut ! Il ne faut pas que maman me trouve ici. »

Jean referme le livre et le remet dans l'armoire. Puis il change d'idée et le reprend. Ce soir, il cherchera une explication à cet atlas mystérieux. Il ferme les portes, replace rapidement les caisses de livres devant l'armoire et descend par l'échelle. Une fois à terre, il replace la chaise haute, remonte, lance l'échelle de corde par l'ouverture et referme la trappe. Puis il remet la chaise à sa place, dans le coin. Ni vu ni connu !

— Jean, ouvre-moi tout de suite, s'il te plaît !

— Oui, maman !

« Oups ! Le livre ! » Vivement, Jean le cache sous une pile de chandails, dans sa commode, et ouvre la porte à sa mère.

— Que fais-tu ? Je t'appelle depuis cinq minutes.

— Excuse-moi, maman. Je lisais et… je me suis endormi.

— Mais tu es couvert de poussière. Qu'est-ce que tu as encore inventé ? Bon… on en rediscutera plus tard. Change-toi vite et viens souper.

Chapitre 5

La lettre
qui n'explique pas tout

— Je monte me coucher, maman.

— Quoi ? En même temps que ton petit frère ? Tu es sûr que ça va ?

— Oui, oui ! Je suis juste un peu fatigué.

— Bon, d'accord. Tu veux que je monte te border ?

— Maman, quand même ! J'ai presque onze ans !

Jean n'est pas très bon menteur. Ses yeux pétillent et il n'a pas l'air fatigué du tout. Il a bien tenté deux ou trois bâillements, mais il n'est pas sûr que ses parents l'aient cru. Il est maintenant couché dans son lit, tout habillé sous les couvertures et il attend que Junior s'endorme. Mais Junior ne veut pas s'endormir. Il chante des chansons pour son grand frère et lui récite tous les mots que sa petite tête peut contenir. Plusieurs fois, Jean s'impatiente :

— Junior, tais-toi et dors !

Finalement, au bout d'un long moment, Junior cède au sommeil.

— Ouf, j'ai cru qu'il ne s'endormirait jamais…

Jean se lève et ouvre le tiroir de sa commode. Le livre est toujours à sa place, sous la pile de chandails. On dirait qu'il dégage une lumière bleutée dans le noir. Encore un fois, l'imagination de Jean lui joue des tours. Mais le livre est chaud au toucher. Ça, il n'y a pas de doute.

Le garçon s'installe dans la garde-robe, la porte fermée, assis à l'indienne avec sa lampe de poche pour toute lumière. Il ouvre lentement le livre.

À la première page, il y a un message, écrit à la main. Jean est persuadé qu'il n'y était pas tout à l'heure. Il regarde la signature au bas de la lettre : Alphonse Delanoix. Ça vient de son grand-père !

28

Mais en quelle langue est-ce écrit ? Jean est incapable de lire. Découragé, il passe la main sur le message comme pour enlever des poussières. La feuille devient encore plus chaude. Le jeune garçon enlève vivement sa main : les lettres se sont alignées de façon différente et forment maintenant des mots. Il peut même lire son nom : Jean Delanoix.

— Wow! La lettre est pour moi !

Cette lettre est pour Jean Delanoix, fils de Roger, petit-fils d'Alphonse.

Cher petit-fils,

Si tu lis cette lettre, si tu tiens cet atlas entre tes mains, c'est que ta curiosité et ton courage t'auront permis de l'acquérir. Dis-toi que je suis très fier de toi, Jean Delanoix, car tu entres aujourd'hui dans une famille de grands explorateurs.

Cet atlas est très spécial. Tu as déjà dû le remarquer. Je sais que ta mère t'a donné le goût de la lecture et du respect des livres. Ce livre mérite un grand respect car il est plus qu'un simple livre : il est ton héritage, ton passeport pour l'aventure, pour la connaissance et pour la vie.

Voyage aussi loin et aussi longtemps que tu le désires. Le temps n'aura pas d'emprise sur toi. Ce qui veut dire que des

29

années pourraient passer là-bas, mais tu n'aurais pas vieilli d'une seconde ici. Profites-en donc, mais méfie-toi de ceux qui voudraient te prendre ce livre. Il ne doit jamais te quitter ou tomber entre des mains étrangères. Il serait alors très difficile à retrouver et tu pourrais devenir prisonnier à jamais d'un espace-temps qui n'est pas le tien.

Tu as peur ? C'est normal. Si l'inconnu était accessible à tous, il ne resterait plus de nouveaux mondes pour les explorateurs comme nous.

Ah oui ! j'allais oublier : l'atlas doit être réactivé à chaque fois. C'est à toi de découvrir comment. Garde cependant en mémoire cet adage : Les paroles s'envolent, mais les écrits restent.

Bon voyage cher petit-fils.

Ton grand-père, Alphonse Delanoix

Deuxième partie

La tribu de Kananga

Chapitre 1

Le premier voyage

Jean n'a pas compris toute la lettre. Il est fier que son grand-père lui ait confié cet atlas mais il n'est pas très rassuré. Lui, un explorateur ? Il a de la difficulté à se repérer dans les rues de sa ville, alors imaginez le vaste monde ! S'il part et se fait voler le livre, ou s'il ne sait pas comment l'activer ou s'il se fait enfermer dans un sombre cachot ? Oui, Jean a peur ! Son grand-père avait raison. Mais ça ne l'empêche pas de rêver un peu, de faire semblant d'être un explorateur, en attendant de trouver assez de courage.

Jean choisit une carte et l'examine attentivement. C'est une carte très ancienne en parchemin et dont les bords s'effilochent. De drôles de bonshommes sont dessinés dans les quatre coins. Dans ce que Jean devine être l'océan Atlantique, il voit la représentation d'un monstre marin, mi-serpent, mi-poisson, et le mot *abîmes*. Le garçon se rappelle avoir lu quelque part que les gens de cette époque croyaient que la Terre était plate comme une assiette. Si un bateau franchissait le rebord, il tombait dans un gouffre sans fond où vivaient des créatures sanguinaires. Il fallait sûrement avoir beaucoup de courage pour être explorateur !

La carte montre le continent africain, vaste étendue de forêts et de savanes, le paradis du lion et de l'antilope. Jean s'imagine qu'il aurait pu naître là-bas, avoir un singe comme animal de compagnie et ne posséder qu'un pagne pour seul vêtement.

« Oui ! Ça doit être ça, la belle vie ! »

Il promène son doigt sur la carte et l'arrête sur un petit village perdu au milieu de la forêt tropicale, au bord d'une grande rivière. Il se penche pour bien lire le nom : Kananga, au Zaïre.

Tout à coup, le livre se met à briller d'une lueur bleutée. La lumière devient

ensuite orangée puis blanche et éblouissante. Jean veut enlever son doigt, mais
il en est incapable. Toute sa main est
attirée par une force contre laquelle il ne
peut rien faire. Sa main disparaît dans
le livre. C'est tout chaud de l'autre côté.
Avec horreur, Jean sent son bras puis
tout son corps traverser le livre. Il hurle
de peur, mais son cri s'arrête à quelques
centimètres de sa bouche, comme absorbé
par de la ouate. Pendant quelques secondes, il est incapable de bouger. Des lumières défilent devant ses yeux, puis
s'éteignent brusquement.

Jean n'ose faire un geste. Il pense :
« Qu'est-ce qui s'est passé ? Suis-je
mort ? Non ! Sûrement pas, parce que là,
je sens de drôles d'odeurs. Comme de la
terre humide et... de la sueur ! Et j'en-
tends des bruits : des grillons, des cris
d'animaux, des grondements, non, plutôt
des ronflements ! »

Jean n'est pas rassuré même s'il a
réussi à se convaincre qu'il n'est pas
mort. Au contact du sol, il ressent des
vibrations qui ne sont pas les battements
de son cœur :

« Boum-boum, boum-boum-boum ! »

Il fouille à tâtons autour de lui et il
met la main sur un objet dur : c'est l'at-

las, qu'il reconnaît à sa couverture sculptée. Il fait noir, désespérément noir et Jean ne retrouve pas sa lampe de poche. Il continue à tâter et sa main droite rencontre quelque chose de mou et de chaud. Jean enlève vivement sa main en retenant un cri.

Comme il aimerait se recroqueviller dans son lit, à l'abri sous sa douillette. Mais il n'est pas chez lui, ça c'est certain. Il est cerné par ces « choses » chaudes et molles qui grognent lorsqu'il les touche. Ces sons, ces odeurs, ces choses étranges autour de lui ; son cauchemar a l'air tellement réel. Et toujours cette obscurité si profonde qu'il a l'impression d'avoir les yeux fermés.

Jean claque des dents, mais ce n'est pas de froid. Il a peur et il ne peut rien faire dans cette noirceur inconnue. Il ramène ses jambes contre lui, se fait le plus petit possible et s'endort, la tête sur l'atlas.

Chapitre 2

Où suis-je ?

—**A**llez debout, fainéant ! C'est aujourd'hui le grand jour !

Jean a encore les yeux fermés. Il pense :
« Ouf ! Le cauchemar est fini. »

Il sent une main chaude qui lui secoue l'épaule. Il sourit, mais garde les
yeux fermés, savourant encore quelques
secondes son univers retrouvé.

—Allez N'Juno, lève-toi, paresseux.
Tu dois aller t'occuper des chèvres avant
la cérémonie.

—Quoi ? N'Juno ? Les chèvres ? La
cérémonie ?

Jean se redresse en ouvrant les yeux. Il pousse un cri en découvrant ce qui l'entoure : sept, non, huit paires d'yeux le regardent en riant. Il ne voit que des yeux et des dents blanches dans la pénombre de la chambre. Puis la lumière entre dans la pièce par une porte ou plutôt un rideau que quelqu'un vient de soulever.

—Allez N'Juno, ne fais pas cette tête. On dirait que tu as vu Shere Khan, le redoutable tigre de la forêt !

Jean est entouré de... Noirs ! Oui, oui ! Des enfants noirs, dont les dents et les yeux brillent dans la lumière du matin. Le plus jeune est dans les bras d'une grande femme à la peau couleur d'ébène et aux cheveux courts et crépus. Elle est nue jusqu'à la taille. Le petit bébé, tout noir et grassouillet, est accroché à son sein. Autour d'elle, des garçons et des filles terminent de rouler des matelas de paille tressés en chahutant. Jean est au milieu de la pièce, assis sur son tapis, et regarde autour de lui sans comprendre.

La pièce, tout en rond, fait environ quatre mètres de diamètre. Le plancher est en terre battue. Les murs sont en paille et laissent filtrer la lumière et la chaleur.

40

Dans un coin, il y a des bols de bois, deux grands et plusieurs petits, et les matelas qui commencent à s'empiler. C'est tout. Ni table, ni chaises, ni poêle, ni réfrigérateur, ni télévision, ni Nintendo… Jean est incrédule : « C'est impossible : la réalité ne peut pas être aussi simple ! »

Il ferme les yeux, se pince très fort, puis regarde à nouveau autour de lui. Rien n'a changé. En revanche, son bras lui fait mal maintenant. Il ne rêve donc pas.

— Hé, maman ! N'Juno a une drôle de boîte.

Le garçon qui a parlé est un peu plus jeune que Jean. Il s'approche pour prendre l'atlas. Une main noire s'en empare.

— Ne touchez pas, c'est à moi !

Puis une deuxième main saisit le livre et le colle contre la poitrine de Jean. Il ne comprend pas. Il a pourtant fait le geste de prendre le livre et il le serre contre lui, mais ces deux mains noires, ce ne sont pas les siennes. À moins que…

Jean pousse un hurlement et court vers la lumière. Les mains noires sont bien à lui et il n'a pas que les mains qui soient noires. Ses jambes, son corps, toute sa peau. Et… il est nu ! Ça aussi, c'est noir ! Jean lâche le livre et met ses deux mains pour cacher sa nudité.

— N'Juno, arrête de faire le pitre et montre le bon exemple à tes frères et sœurs.

— Le bon exemple ? Mais... je suis tout nu !

— Ça ne te dérange pas, d'habitude. Mais je te promets qu'après la cérémonie tu auras le plus joli pagne de toute la tribu. Pour l'instant, allez tous vous laver à la rivière pendant que je prépare le déjeuner. Et surveille bien les plus jeunes, N'Juno, je compte sur toi.

Jean ramasse l'atlas et le met devant lui pour se cacher. Il n'aime pas se promener nu devant tout le monde, mais personne ne semble s'en préoccuper. Une de ses petites sœurs lui prend la main et l'entraîne hors de la hutte. Les cinq autres, deux garçons et trois filles, suivent.

Ils traversent le village : une quinzaine de huttes comme celle de « sa famille » autour d'un espace dégagé, avec un arbre gigantesque en son centre. Déjà il fait chaud sous le soleil et quelques vieillards en robes couleur paille se reposent à l'ombre de l'arbre. D'autres jeunes se joignent à la troupe et ils prennent un sentier qui s'enfonce dans la forêt profonde. Un garçon tape sur l'épaule de Jean :

—Hé N'Juno ! Tu es prêt pour la cérémonie ?

—Euh… oui ! Bien sûr !

—Moi, j'en ai rêvé toute la nuit. Entre nous, ça me fait un peu peur. Tu sais… moi et la douleur… Mais ensuite, nous allons être des hommes, des vrais !

—Euh… c'est sûr, j'ai… euh… un peu peur, moi aussi !

« S'il savait… Je n'ai pas juste un peu peur, je crève de trouille ! Qu'est-ce que je fais ici ? Et qu'est-ce que cette cérémonie dont tout le monde parle ? Je suis trop jeune pour devenir un homme, moi…»

—Qu'est-ce que tu as, là ?

—Ça ? C'est un livre.

—Un quoi ? demande le garçon, intrigué.

Jean réfléchit quelques secondes. S'il est, comme il le croit, dans une époque très ancienne, les livres n'existaient pas. Dans cette partie du monde, en tout cas. Les histoires et les souvenirs de chacun se transmettaient de bouche à oreille. Ce livre est probablement le premier que voit le jeune Africain.

—C'est une boîte à images, affirme Jean, un cadeau de mon père pour la cérémonie.

— Mais N'Juno, ton père est mort, il y a un an.

— Ah oui ? Je veux dire : un an déjà ? Ma mère me l'a donné ce matin.

— Tu sais, il a été très courageux, ton père, de se battre contre ce tigre. Il a sauvé la tribu, ce jour-là.

— Oui... très courageux... J'espère que j'aurai son courage, un jour.

Le jeune Noir serre l'épaule de Jean et, après un dernier regard d'envie à la boîte à images, s'éloigne vers la rivière.

Chapitre 3

Une journée de rêve

Les craintes de la nuit ont laissé place à l'émerveillement. D'abord il y a la baignade dans la rivière verte entourée de grands arbres qui grouillent de vie. La fraîcheur de l'eau, sur le corps de Jean, les poissons qui l'effleurent au passage, la chaleur et ce ciel d'une pureté incroyable lui procurent des sensations nouvelles.

Les jeunes enfants jouent dans la vase, sur la rive, tandis que les plus grands ont pris des branches, effilées à l'extrémité, et les lancent avec adresse dans l'eau.

Plusieurs fois, Jean entend des exclamations joyeuses et un poisson blanc et rond comme une carpe ressort au bout de la lance. Les poissons sont ensuite rassemblés sur une tige de bois. Il y en a une vingtaine et Jean a même attrapé le sien. Malgré que ce soit le plus petit du lot, il en est très fier.

De retour au village, les plus vieux se partagent les poissons et chacun rejoint sa hutte. Jean a maintenant six frères et sœurs, en plus du petit dernier qui est resté à la hutte. Lui qui se plaignait de Junior, son petit frère de trois ans, il est tombé sur une famille de huit enfants. Et c'est encore lui l'aîné, celui qui doit montrer le bon exemple. En fin de compte, ce n'était pas si mal, dans sa vraie famille...

La femme de la hutte leur a préparé un déjeuner qu'ils mangent assis par terre ou accroupis sur leurs talons, sans assiette ni ustensiles. La vraie mère de Jean en aurait eu les cheveux dressés sur la tête, mais lui apprécie bien ce pique-nique inattendu.

Au menu, il y a des espèces de crêpes sèches et dures. Lorsque Jean demande du sirop d'érable, tous le dévisagent comme s'il venait d'une autre planète. Jean serre son atlas contre lui et éclate de rire, pour montrer que c'est une plaisanterie.

La mère africaine a aussi apprêté les trois poissons pêchés dans la rivière, dont celui tout petit et ridicule de Jean. Il y a à peine de quoi nourrir les plus jeunes. Jean est soulagé, car il n'aime pas le poisson. Mais, lorsque le repas est terminé, il a encore faim et il rêve d'une bonne beurrée de beurre d'arachide. Il doit se contenter des fruits que la femme a placés dans un grand bol : des bananes, des mangues, des papayes et des fruits avec des noms impossibles à se rappeler. C'est la seule nourriture qu'ils auront avant le soir.

Jean se fait rappeler à tout moment que c'est aujourd'hui le grand jour. Certains de ses frères ont de la fierté dans leur regard, d'autres ont du chagrin, comme « sa mère africaine ».

Et Jean ne sait pas pourquoi. Il n'a pas tellement le goût de le savoir, non plus. Il a bien remarqué que ses amis et lui-même sont les plus vieux qui vivent encore dans les huttes familiales. Plus loin, il semble y avoir d'autres huttes. Peut-être que les hommes demeurent là-bas ? Il est un peu inquiet et il n'ose demander quand cette cérémonie aura lieu.

Chapitre 4

La savane

Jean et les garçons les plus âgés sortent les chèvres de l'enclos et les amènent par un sentier, à travers la forêt. Ils arrivent bientôt à un terrain découvert où pousse une herbe verte et tendre. Les garçons se répartissent en cercle autour des chèvres et font face à la forêt ou à l'immense savane. Chacun a un grand bâton à la main. Jean imagine que c'est pour empêcher les chèvres de se sauver.

Au bout d'une longue heure passée sous un soleil écrasant, un garçon lance un cri d'alarme : « LION dans les hautes herbes ! »

Jean ne voit rien et n'entend rien, mais les autres garçons ont réagi vivement. Ils rassemblent les chèvres et deux d'entre eux les ramènent au village en courant. Ensuite, ils s'installent côte à côte et attendent l'intrus. En chuchotant, Jean demande à son voisin

— Pourquoi on ne retourne pas au village avec les chèvres ?

— C'est sûrement une épreuve, envoyée par le dieu de la savane pour savoir si nous méritons de devenir des hommes ! Tu peux partir, si tu as peur...

Jean serre très fort l'atlas d'une main et son bâton de l'autre. Il n'a pas vraiment le goût de devenir un homme, mais il ne veut pas non plus se faire traiter de lâche. On entend des bruissements dans l'herbe sèche, puis plus rien. Que le silence et les mouches qui tournent autour de leurs corps en sueur.

Un rugissement crève soudain le silence. Une grande lionne, maigre et couverte de cicatrices, sort des hautes herbes et s'approche à pas lents. Les garçons la fixent en tremblant. Ils la reconnaissent : c'est Léna, la vieille lionne, qui leur vole souvent des chèvres. Léna observe les garçons du coin de l'œil. Peut-être aurait-elle préféré une chèvre pour le repas de ses petits ? Les garçons se mettent alors à hurler en tapant sur le sol avec leurs bâtons.

La lionne n'est pas impressionnée. Elle s'apprête à sauter. Tous les bâtons se tendent dans sa direction. Les pieds se campent dans le sol. Le silence n'est troublé que par les feulements du fauve.

Sans avertissement, elle s'élance sur Nîmo, le plus petit vers la droite. Le malheureux garçon est renversé sur le sol. Les coups de bâtons pleuvent sur la tête de la lionne et les garçons réussissent à l'éloigner de Nîmo. Il se relève en gémissant.

Jean serre très fort l'atlas et se demande s'il ne devrait pas partir tout de suite. Les garçons continuent de frapper la bête. La lionne envoie des coups de pattes pour éloigner les bâtons qui la piquent sur les flancs, la poitrine, le museau. La lionne recule de quelques pas, puis elle prend son élan et saute à nouveau sur Nîmo. En hurlant, le pauvre garçon disparaît sous la bête.

Jean est le plus proche. Il lâche son bâton et prend l'atlas à deux mains. Il ferme ensuite les yeux et frappe de toutes ses forces sur la tête de la lionne. Et encore, et encore... On entend un craquement horrible, pareil à un coup de tonnerre, puis le silence.

« Ça y est, le livre est brisé ! Je ne pourrai jamais retourner chez moi ! » pense Jean, les yeux encore fermés. Lorsqu'il les ouvre, tous les garçons le regardent avec surprise et respect. Puis la joie éclate. La lionne est morte, le crâne broyé par l'atlas.

Le livre est intact, pas la moindre égratignure, pas la moindre tache de sang...

Les habitants du village accourent en hurlant de joie et en dansant autour des garçons. Nîmo se relève et essuie rapidement ses larmes. La lionne lui a infligé de profondes griffures qui saignent. Il a mal, mais pour rien au monde il ne voudrait le montrer. Son père, le chef du village le serre fièrement contre sa poitrine et annonce :

—Vous méritez de devenir des hommes maintenant. En unissant vos esprits et vos forces, vous avez survécu à la plus féroce des bêtes de la savane. Ce soir, en votre honneur, nous mangerons la lionne !

Chapitre 5

La cérémonie des
nouveaux hommes

« Je n'irai pas à la cérémonie. Je n'appartiens pas à cette tribu, même si j'ai tué la lionne ; même si, en apparence, j'ai la même couleur de peau que mes frères africains. Plusieurs personnes m'ont posé des questions sur l'atlas. Je ne pourrai pas indéfiniment dire que c'est un cadeau de mon père. Je ne veux pas perdre ma chance de partir d'ici. Ma mère doit s'inquiéter, même si, comme l'a écrit grand-père Delanoix, « le temps n'a pas d'emprise sur moi ». Je la connais, ma mère : elle sait, avant que je puisse le lui dire, que quelque chose ne va pas. C'est une vraie sorcière ! Et je commence drôlement à m'ennuyer de mon petit frère... »

Jean profite de l'animation qui règne dans le village pour se retirer, à l'abri derrière une hutte éloignée. Il ouvre l'atlas et cherche la carte du Québec. Il a beau examiner toutes les cartes, il ne la trouve pas. Elle y était pourtant, hier, lorsqu'il est entré dans le livre.

La panique commence à envahir Jean qui entend les gens du village rassembler ses amis pour la cérémonie. Il ne manque que lui et il entend son nom scandé par des dizaines de bouches :

—N'Juno ! N'Juno ! N'Juno !

Il ne pourra s'échapper, à moins que...

Jean ouvre l'atlas sans regarder la carte et pointe un endroit au hasard. Rien ne se passe. Déjà, une petite fille a découvert sa cachette et alerte les hommes :

—N'Juno est ici ! N'Juno est ici !

Comment avait-il fait la dernière fois ? Il voulait tellement partir de chez lui, vivre ailleurs...

—C'est ça ! Je voudrais vivre dans ce pays. Ça doit être ça, la belle vie !

Rien ne se passe, rien de rien.

Le livre ne s'illumine pas, son doigt ne traverse pas la page. Ce n'est pas ça. Il n'arrive pas à activer l'atlas.

Les hommes ne sont pas loin. Jean referme vivement le livre et commence à le camoufler sous les feuilles. Non ! Il doit l'avoir avec lui en tout temps, c'est ce que son grand-père a écrit dans les instructions.

Des jeunes l'entourent maintenant, puis des adultes, des hommes avec des peintures sur le corps. Il fait semblant de se réveiller : il ne veut pas avoir l'air d'un trouillard. Tant pis, il ira à la cérémonie, il deviendra un homme et... il mangera la lionne !

Jean rejoint les autres garçons sur la place du village. Ils sont douze, alignés en face de l'arbre immense. Des vieillards en robes rouges, les aînés, sont assis par terre, en face d'eux. Derrière viennent les hommes du village et, tout autour, les femmes et les enfants plus jeunes. En tout, une centaine de personnes. Et le silence... lourd et cérémonieux. Même la forêt s'est tue, comme si elle était consciente de l'importance du moment. Les tam-tams commencent à résonner, un rythme lent et répété à l'infini :

Boum… Boum-boum…Boum-boum-boum…

Boum… Boum-boum…Boum-boum-boum…

Le cercle des spectateurs s'écarte un moment pour livrer passage à un petit homme étrange, avec un masque de plumes et d'écorce et des dessins peints sur le corps. Nîmo, à la gauche de Jean, murmure :

— C'est le sorcier. Il vient pour faire de nous des hommes.

Nîmo a prononcé ces mots avec fierté, mais Jean n'est pas dupe : Nîmo semble aussi effrayé que lui. Jean serre très fort l'atlas contre sa poitrine et réfléchit au moyen de l'activer.

Dans la lettre de son grand-père, il y a une phrase qu'il n'a pas très bien comprise : «*Les paroles s'envolent mais les écrits restent.*» Doit-il écrire quelque chose ? Les pages blanches entre les cartes… Qu'est-ce qui était écrit en haut de la page ?

Jean ne peut pas ouvrir le livre, car tous les villageois ont les yeux fixés sur les garçons. Journal ? Note ? Non, c'est un mot plus long : souvenir. C'est ça : « Souvenirs ! » Il doit écrire ses souvenirs, pour se les rappeler après, lorsqu'il retournera à la maison. C'est simple !

Mais Jean n'a pas de crayon... Existe-t-il des crayons, ici ? Tout est si… préhistorique dans ce village. Comment font-ils pour écrire ? Connaissent-ils même le papier ou doivent-ils écrire sur des tablettes de pierre, avec un pic et un marteau, comme dans l'émission *Les Pierrafeu*?

On pousse Jean. Il n'a pas remarqué que ses amis marchent en file indienne vers une hutte, à l'extrémité du village. C'est la hutte du sorcier. À l'intérieur, il y a des masques et des peaux d'animaux sur les murs et sur le sol et des récipients de bois avec des poudres de couleurs vives.

Jean s'assoit, un peu à l'écart des autres garçons. À côté de lui, il y a un bol avec de la poudre noire et des brins de paille. Voilà, il a trouvé ! Il prend un peu de poudre noire dans le creux de sa main et crache dessus. Avec le brin de paille, il mélange le tout : la pâte a une texture un peu épaisse, mais ça suffira pour écrire.

Jean regarde autour de lui. Le sorcier est sorti. Un aîné peint minutieusement des dessins sur la peau d'un garçon. Ensuite, ce garçon sort et se dirige vers la hutte voisine. Lorsqu'il en ressort, quelques minutes plus tard, il est accueilli par les applaudissements de la foule.

Personne ne s'occupe de Jean pour l'instant. Il ouvre l'atlas et commence à écrire sur la feuille blanche. Heureusement, Jean a toujours aimé écrire. Les mots se bousculent sur la feuille, au rythme du brin de paille trempé dans l'encre improvisée.

Il écrit tout : son arrivée dans la hutte familiale, la baignade, la pêche, le repas, les chèvres, la lionne et la cérémonie. La page est bientôt remplie de son écriture ronde.

Jean essuie sa main et souffle sur la page pour faire sécher l'encre. Le livre commence à dégager une lueur bleutée. Ça y est, il a réussi : l'atlas est activé !

Chapitre 6

Le tour de Jean

— N'Juno, c'est à toi, mon garçon !
Jean lève les yeux. Pendant qu'il écrivait, il ne s'était pas rendu compte du temps qui passait. Nîmo et lui sont les deux derniers garçons dans la hutte, avec l'aîné. Nîmo a des lignes beiges et brunes tracées sur son corps et, dans la pénombre, on croirait presque voir la lionne qui l'a attaqué, tout à l'heure, dans la savane.

Jean hésite à partir. Il aimerait partager la fierté de ses amis, de sa « famille africaine », de la tribu de Kananga, au

Zaïre. Mais il n'est pas N'Juno, le N'Juno dont il a emprunté le corps ces dernières heures.

Jean se demande ce qui se passera s'il reste. N'Juno aura-t-il souvenir de cette journée durant laquelle il sera devenu un homme ? Aura-t-il l'impression d'avoir été délesté d'une partie importante de sa vie ? Jean ne peut pas lui faire cela, comme il n'aurait pas aimé qu'un garçon venu d'ailleurs lui fasse la même chose. Il doit partir. Tout de suite.

L'aîné, voyant que Jean ne bouge pas à l'appel de son nom, le prend fermement par le bras et l'amène sur le tapis en peau de tigre, au centre de la hutte. Il lui enlève des mains l'atlas et le dépose à côté des récipients de couleurs. Comme Jean veut reprendre son livre, l'aîné lui souffle dans le nez la fumée de sa pipe. Jean devient tout étourdi : ses jambes et son corps ne lui répondent plus.

Il s'assoit par terre et se laisse peindre le corps en regardant dehors. Il voit son ami Nîmo sortir de la hutte voisine, un sourire de fierté aux lèvres et un pagne cachant sa nudité d'homme.

Ça y est : le tour de Jean est arrivé ! L'aîné le met debout, lui rend son livre et l'entraîne vers la sortie en lui souhaitant bonne chance. Luttant contre l'effet de la fumée, Jean marche comme un automate vers la hutte voisine, sous le soleil éblouissant de l'après-midi africain.

Les gens du village scandent le nom de N'Juno. Ses amis, les nouveaux hommes, également. Jean s'arrête, regarde les peintures sur sa peau noire : des cubes, des épées, un soleil, les mêmes motifs que sur la couverture du livre. Il sourit. Il entre dans la hutte du sorcier et ouvre aussitôt l'atlas :

—Désolé N'Juno, mais c'est toi qu'on réclame, pas moi. Bonne chance, vieux !

Le sorcier s'avance rapidement vers Jean. Le garçon met le doigt sur une carte, au hasard. Avec soulagement, il sent son doigt s'enfoncer dans la page, puis sa main et finalement tout son corps est aspiré dans un tunnel de lumières.

Jean n'a pas peur cette fois. Il commence même à prendre goût à cette étrange machine à voyager. Il étend les mains pour toucher aux parois du tunnel. Soudain, tout s'arrête.

Autour de lui ne subsistent plus que le silence, la noirceur et le froid.

Troisième partie

La ruée vers l'or

Chapitre 1

Bienvenue au Canada !

Il fait froid, très froid dans la cabane de bois rond. Jean regrette un peu la chaleur de l'Afrique. C'est la nuit, mais le feu dans le poêle, une espèce de gros bidon de métal avec une cheminée, dégage assez de lumière pour qu'il puisse détailler sa nouvelle « maison ».

La cabane est petite et encombrée de caisses et de sacs de jute. Jean est couché sur un lit à trois étages superposés et des ronflements lui parviennent des deux étages du dessous, occupés par deux hommes barbus qui se ressemblent étrangement.

Jean commence à tâter autour de lui : le lit est en planches rugueuses, un mince matelas le recouvre. Il est couché, tout habillé, dans une couverture pleine de trous qui laissent passer l'humidité et le froid. L'atlas est là, tout contre lui.

Jean sent un objet dur dans sa poche de pantalon. C'est un caillou de la taille d'une balle de ping-pong. Il l'examine sous la faible lueur du poêle. La roche brille. Il le remet dans sa poche et sourit.

Cet autre garçon, dans cet autre pays, est bien comme lui, Jean Delanoix : toujours les poches pleines de cailloux brillants. Jean se tourne vers le mur et se laisse emporter par un sommeil peuplé de rivières vertes, de savanes et de lions...

—John ! John !

Encore tout engourdi de sommeil, Jean pense :

« Pourquoi ne répond-il pas, ce John ? »

Une main lui secoue l'épaule.

—Allez ! Debout John, va vite nous chercher de l'eau et du bois.

« John ? C'est moi ? C'est comme ça que je m'appelle ici ? John, c'est... Jean en anglais ! »

L'anglais n'est pas sa matière forte à l'école. À part *in, on* et *under*, qu'il mêle toujours, *sit down* et *raise your hand*, le reste ressemble à de la purée de pois dans son cerveau. Il a pourtant bien compris ce que le barbu lui a demandé. Il hésite, puis demande, juste pour entendre le son de sa voix :

— On se lève bien tôt, ce matin ?

— Au Klondike, fiston, la richesse appartient à ceux qui se lèvent tôt... et à ceux qui trouvent le bon filon ! Allez, dépêche-toi ! C'est notre dernière journée ici. Demain, on retourne à la maison.

« Klondike, richesse, filon ? » Jean sort le caillou de sa poche et l'examine attentivement. Il est jaune pâle et brille à la lumière. Serait-ce... de l'or ? Une pépite d'or ? Serait-il entré dans la peau d'un chercheur d'or ?

Ce qu'il sait du Klondike, Jean l'a vu dans le film *Croc Blanc*. L'histoire se passe à l'époque de la ruée vers l'or, au moment où des milliers de personnes envahissent le Yukon, au nord du Canada, pour chercher fortune. Aux dires de certains, l'or affleure à la surface du sol et il suffit de se pencher pour devenir riche.

Dans le film, Jack, le jeune homme, réussit à trouver de l'or et, avec l'aide de

Croc Blanc, le chien-loup qu'il a apprivoisé, il triomphe des escrocs qui veulent voler son or et son chien-loup. C'est un très beau film.

Mais tout cela s'est déroulé au début du siècle dernier, dans le temps de ses arrière-grands-parents. Jean a donc, à nouveau, voyagé dans le passé, mais à une époque plus semblable à la sienne et dans un univers qu'il a l'avantage d'avoir déjà vu dans un film.

Jean regarde autour de lui : des plats en métal, des tamis, des pelles, des pioches et un nombre impressionnant de sacs bien remplis. Il est au Klondike et, selon toute évidence, John et les deux hommes sont tombés sur le bon filon !

Chapitre 2

Paysage inusité

Jean descend de son lit, après avoir camouflé l'atlas sous son matelas. L'homme barbu est sorti dehors. Jean le suit, après avoir enfilé un gros parka et des bottes tachées de boue.

Il s'attendait à se trouver dans une sombre forêt d'épinettes, au bord d'une rivière tumultueuse. Mais ce qu'il voit là l'étonne au plus haut point. Le paysage est dévasté sur plusieurs kilomètres. Pas un arbre. Jean ne saurait dire quelle est la saison. Le soleil est bas, il fait très froid, mais il n'y a pas de neige.

Des centaines de cabanes comme la leur, certaines à peine plus grandes que des remises de jardin, sont dispersées dans une vallée où coule un ruisseau presque à sec. Des cordes délimitent des parcelles de terrain. La terre est retournée, montée en buttes dans les coins de la parcelle et retenue avec des planches. Des feux brûlent un peu partout, dégageant une fumée âcre. Des pelles, des pioches, des tamis, des conduites d'eau en bois jonchent le sol. Et, partout, des hommes sales et exténués travaillent sans relâche à fouiller la terre.

Au coin de leur parcelle, il y a un poteau avec un écriteau. Jean s'approche et lit :

Concession minière N° 16
Ruisseau Eldorado
Propriétaires Tom & Sam Billy.

—Impressionnant cette vue, n'est-ce pas Johnny ? Tu crois que ça te manquera ? Moi pas ! Je préfère de loin notre petit ranch tranquille en Californie.

Allez, rentre vite du bois et de l'eau pendant que je réchauffe cette terre glacée. Et fais-nous un de ces déjeuners dont tu as la recette. J'en salive à l'avance !

Le bois est cordé sur le mur de la cabane et Jean trouve un seau accroché près de la porte. Le ruisseau passe plus bas, entre des cabanes de bois rond, semblables à celle des frères Billy. Jean doit casser la mince couche de glace pour remplir son seau. L'eau, qui est aussi utilisée pour laver la terre et extraire l'or, est brune et pas vraiment invitante !

Il retourne à la cabane pour préparer le déjeuner. Il donnerait cher pour connaître la recette dont parlait le grand barbu. Il doute que ces deux hommes costauds, deux frères à voir la ressemblance, se contentent de beurrées de beurre d'arachide !

Jean fouille la cabane à la recherche d'ingrédients. Deux étagères constituent le garde-manger : des conserves de fèves au lard et encore des conserves de fèves au lard. Le choix ne sera pas difficile ! Puis, il découvre le « réfrigérateur », un simple trou dans le sol, recouvert d'une planche. Il y trouve des œufs, du beurre et un pain noir et dur.

Après quelques hésitations, Jean prépare le déjeuner : des œufs, des fèves au lard, du pain grillé sur le feu et du café, qu'il fait trop corsé. Il dépose le tout dans trois assiettes de fer-blanc et appelle les frères Billy.

Chapitre 3

L'histoire des Billy

Au fil des conversations, Jean essaie d'en savoir plus sur sa nouvelle vie. L'oncle Sam parle sans arrêt, au grand désespoir de son frère Tom, le père de John.

— Mais arrête de lui rebattre les oreilles avec cette histoire, Sam. Johnny est avec nous depuis le début !

— Non, non, oncle Sam, vous pouvez la raconter à nouveau. Je ne me fatigue pas de vous entendre.

— Tu vois, Tom, ton fils est mieux élevé que toi, il laisse son vieil oncle radoter ! Tu te souviens, mon gars, on est partis tout de suite après l'annonce de la découverte d'or dans les affluents du Fleuve Yukon. C'est toi qui nous as apporté le journal. La fièvre s'est emparée de nous. Ta mère nous a traités de vieux fous, encore plus quand elle a su qu'on t'amenait. Il ne fallait pas tarder à partir, sinon on risquait de rater les meilleures places ou de se retrouver au bout du bout du monde. Tu te rappelles la date, le jeune ?

— Euh... pas vraiment...

— C'était au printemps de 1897. On a pris un bateau à vapeur à Seattle et on a vogué au travers des îles de la côte de la Colombie-Britannique jusqu'à Shag-way. Ça, c'était la partie facile du voyage, malgré ton mal de mer, hein, le jeune !

— Euh... difficile à oublier !

— On était impatients d'arriver. Tout le monde l'était. Les gens venaient de partout, des États-Unis comme nous, du Canada, d'aussi loin que le Québec et le Maine. On quittait tous quelque chose : un emploi, une famille, des enfants. Et tous, on ne rêvait qu'à une chose : devenir riches. La ruée vers l'or ! La ruée des fous ! Tu te souviens de la bagarre sur le ferry ? Une sacrée bagarre ! Tout ça parce qu'un vieux affirmait que le col de Chilkoot était la pire épreuve qui nous attendait à Shagway. Eh bien ! il n'avait pas tort, le vieux : une montagne démesurée nous bloquait le passage et, pour la franchir, il fallait emprunter « l'escalier de l'or », qui faisait presque deux kilomètres de long. Deux kilomètres d'hommes chargés de matériaux, marchant comme des fourmis, dans les pas du précédent, sans s'arrêter, sans aider son voisin qui est tombé, sauf pour libérer la piste… J'ai cru que mon vieux cœur me lâcherait. Mais toi, mon gars, tu m'as surpris. Je n'ai pas vu beaucoup de jeunes de dix ans qui auraient pu porter une charge aussi lourde que la tienne !

— Merci, mon oncle. J'étais … euh… content de venir avec vous.

— Ensuite, des kilomètres interminables, plusieurs centaines, à pied, puis en canot sur le fleuve Yukon, jusqu'à Dawson City, pour finalement arriver sur ce tronçon de la rivière Eldorado. Beaucoup de nouveaux prospecteurs ne se sont jamais rendus… Ils sont morts de faim ou de froid, d'autres sous des avalanches ou lors de querelles qui se terminaient mal. Il y en a beaucoup qui se sont cassé les reins sur des parcelles de terre aussi pauvres que le sable du désert. Tu nous as porté chance, mon gamin : la concession sur laquelle nous avons travaillé pendant dix-huit mois était une des plus riches des environs. Mais la clé du succès, dans une aventure comme celle-là, tu sais ce que c'est, mon gars ?

— Le travail ?

— Ce n'est pas tant le travail ou la chance. Non, mon gars, le truc, c'est de savoir tenir sa langue. Quand on a un bon filon, on travaille dur, on reste sur ses gardes et, surtout, on se tait. Il n'y a rien de pire que la racaille et les profiteurs qui cherchent fortune sur le dos des autres. Les voleurs, les prêteurs sur gage, les tables de jeux, les saloons, les femmes. Il faut se tenir loin de tout ça. Là, notre concession est épuisée : il n'y a plus rien à en tirer. Demain, on charge les sacs d'or sur les chevaux et on retourne à la maison. Un dur voyage, mon gars, un dur voyage....

— Pourquoi s'embarrasser des sacs d'or qui compliquent nos déplacements ? Pourquoi ne pas vendre l'or près d'ici ?

— L'or est abondant au Klondike et il ne vaut pas autant qu'en Colombie-Britannique ou à Seattle.

— Mais, ce n'est pas dangereux de se promener avec autant de chevaux chargés de sacs d'or ? On ne risque pas d'attirer l'attention et de se faire voler en chemin ?

— Voyons Johnny, dit son père, tu connais ton oncle Sam ! C'est le meilleur tireur du Far West ! On ne s'est jamais fait voler une seule bête sur le ranch. Et tu peux être sûr que sa réputation l'a suivi jusqu'ici !

Chapitre 4

Gardien de l'or

— Johnny, tu restes ici pour garder la cabane. Ton oncle et moi, on va chercher les chevaux en ville. On va être partis trois heures, quatre au plus. N'hésite pas à te servir de ta carabine pour protéger notre butin. Je compte sur toi, fiston. Et n'oublie pas de faire la vaisselle !

— Euh… d'accord… papa !

« Génial ! pense Jean, c'est encore moi qui écope du sale boulot. J'aurais préféré aller chercher les chevaux plutôt que de faire la vaisselle. Et je ne sais même pas me servir d'une carabine. Y a-t-il des balles dans le chargeur ? Qu'est-ce que je fais si quelqu'un se présente à la porte ? Je discute ou je tire ? Je devrais peut-être écrire ma page de souvenirs et partir d'ici au plus vite. Sûrement que je peux trouver, quelque part dans le monde, des choses plus captivantes à faire que la vaisselle !

Jean récupère l'atlas sous sa couverture. Il cherche un crayon. Au bout d'un moment, il en trouve un derrière le poêle, enterré sous une épaisse couche de poussière et de rouleaux de mousse. Le ménage n'a pas dû être fait ici depuis très longtemps. La mère de Jean en aurait fait toute une scène !

Jean s'installe à table après avoir repoussé la vaisselle sale du déjeuner. Il commence par décrire ses impressions sur le Klondike, du moins ce qu'il a pu en voir du seuil de la cabane. Mais il ne trouve rien d'intéressant à écrire. Il s'ennuie. La page n'est qu'à moitié remplie et le livre ne s'active pas. Il regarde la vaisselle, la carabine accrochée à côté de la porte et les sacs d'or. Il soupire. Il reprend son crayon et écrit :

« Bla bla bla bla bla bla bla …»

À mesure qu'il écrit, les mots s'effacent et la page demeure toujours au même point : à moitié écrite.

80

— Oh ! J'ai affaire à un livre intelligent ! Il faut que je sois plus rusé que lui.

Et Jean recommence à écrire :

« Au moment où j'étais concentré sur mes souvenirs palpitants (le mot « palpitants » s'efface aussitôt), un homme s'est présenté à la porte. Il était très grand, très laid et portait une barbe très sale. Il avait un fusil chargé et, de toute évidence, il voulait notre or ! »

Jean regarde ce qu'il vient d'écrire. L'histoire inventée ne s'est pas effacée. Il a gagné ! Il est plus rusé que le livre. Il reprend le crayon lorsque…

TOC ! TOC ! TOC !

— Ouvre cette porte, le jeune. Je sais que tu es seul.

Jean sursaute. Il regarde l'atlas, puis la fenêtre. Il y a un homme dehors. Un homme très grand et très laid, avec une barbe très sale. Et il pointe son fusil vers lui…

Est-ce un hasard ? A-t-il provoqué l'apparition de l'homme en écrivant dans l'atlas ? Jean reprend le livre et écrit :

« Le géant, voyant qu'il s'était trompé de cabane, s'éloigna en s'excusant. »

— Alors, tu l'ouvres cette porte ou tu veux que je la défonce ?

La dernière phrase s'efface aussitôt. Ça n'a pas marché. Le géant est toujours

là, en chair et en os. Jean n'a pas le choix, il doit l'affronter. Au moment où il s'élance pour prendre la carabine, la porte s'ouvre violemment. L'homme entre en courbant la tête. Il est vraiment très grand.

—Salut le jeune ! Tu n'es pas très accueillant ! Moi qui venais te tenir compagnie en l'absence de tes parents. Il ne te resterait pas du café ou un peu de whisky ? Bon je vois que tu n'es pas très jasant... Tu fais tes devoirs, là ? J'étais professeur dans le temps : montre-moi si tu as fait des fautes ?

—Ne touchez pas à ce livre !

Jean referme l'atlas et s'assoit dessus. Le géant soulève Jean d'une seule main, comme s'il s'agissait d'un sac de plumes, et s'empare du livre. Il redépose brutalement Jean sur le banc.

Wow! C'est un beau livre, ça ! Comment se fait-il qu'un gamin de ton âge écrive dans un si beau livre ? Si tes parents le savaient, tu aurais droit à la fessée de ta vie. Mais j'y pense, je vais l'emporter avec moi pour effacer tes barbots. Je te le remettrai ensuite, tout propre, et tes parents ne s'en rendront même pas compte. Merci garçon et ... bon vent !

Jean fonce sur le géant et le bourre de coups de pied et de coups de poing.

—NON ! Rendez-moi ce livre. J'en ai absolument besoin !

En riant, le géant pose sa large main sur l'épaule de Jean et le force à s'asseoir.

—J'en ai sûrement plus besoin que toi, petit. Le saloon ne me fait plus crédit. Si je ne paie pas le propriétaire, il va me jeter en prison. Alors tu vois, j'en ai vraiment besoin.

—Pourquoi ne prendriez-vous pas un sac d'or à la place ?

—Je n'ai pas de concession, petit, et qui dit « pas de concession », dit « pas d'or »! C'est la loi, ici, au Klondike. Mais ce beau livre vaut peut-être une fortune et le propriétaire du saloon m'en donnera sûrement un bon prix.

Le voleur attache solidement le jeune garçon et le bâillonne. Au moment de sortir avec son butin, il prend une couverture qu'il dépose sur les épaules de Jean et il met quelques bûches dans le poêle.

—Comme ça, tu n'auras pas trop froid !

Il se dirige vers la porte puis se ravise. Il se penche au-dessus de Jean, qui sent un frisson incontrôlable lui monter dans le dos. Le géant grogne à son oreille :

—Il ne manque pas un sac d'or. Tu pourras toujours leur dire que j'ai été

84

dérangé par un bruit à l'extérieur. Même si tu dis que je t'ai volé ce livre, ce sera ta parole contre la mienne. Et à ton âge, fiston, ta parole ne vaut pas grand-chose !

Fier de s'être trouvé un si bon alibi, le colosse éclate d'un gros rire gras. Il quitte la cabane en se tapant sur les cuisses.

Chapitre 5

La panique

Depuis trois heures, Jean est attaché sur le banc. Trois longues heures à pleurer et à rager sur la disparition de son livre, trois heures à se demander ce qu'il dira ou ne dira pas au père et à l'oncle de John.

S'il avait écouté Tom, il aurait eu la carabine près de lui et aurait pu se défendre. Mais la carabine est toujours accrochée à côté de la porte, lui rappelant à tout moment sa négligence. Au moins, Tom et Sam n'ont rien perdu à cause de sa désobéissance. S'il ne retrouve pas l'atlas, Jean sera à jamais prisonnier du passé, un siècle avant son temps. Ce qui veut dire qu'il peut oublier sa famille, sa maison à Québec, ses amis, son Nintendo, la télé, l'ordinateur, l'automobile, sa planche à roulettes... Plus il en rajoute, plus il déprime. Non ! Il doit absolument retrouver le livre !

La pénombre et le froid ont envahi la vallée de l'Eldorado lorsque Tom et Sam arrivent avec les chevaux. Ils sont inquiets de ne pas voir de lumière à l'unique fenêtre ni de fumée à la cheminée, les bûches ayant fini de se consumer depuis longtemps. L'oncle Sam dit à Tom :

—Je te l'avais dit : tu n'aurais pas dû lui confier la garde de l'or. Il est trop jeune pour ça. Regarde, il n'a même pas été capable d'entretenir le feu. De la mauvaise graine, ce gamin. Heureusement qu'on part demain.

—Laisse-le donc tranquille ! Il doit être parti faire ses adieux à son copain Jo. À son âge, j'étais pas mal moins sérieux que lui.

—Je sais, c'est moi qui devais cacher tes mauvais coups à maman !

Une fois les chevaux dételés, brossés et attachés autour d'un feu, Tom et Sam ouvrent la porte de la cabane. Le fanal éclaire l'intérieur où grelotte Jean, ficelé comme un saucisson, les yeux ronds comme des billes. Pendant que Tom détache le garçon épuisé, Sam compte les sacs d'or.

—C'est incroyable ! Les trente-cinq sacs sont toujours là. Mais explique-moi, mon garçon : pourquoi ce voleur a-t-il pris le temps de t'attacher, alors qu'il n'a pas emporté l'or ?

Pendant un moment, on n'entend que les dents de Jean qui claquent dans le silence.

—Euh... Il y a eu... du bruit à côté... et il a eu peur... de se faire prendre.

Il ne dit rien de l'atlas. Comment aurait-il pu expliquer qu'il avait en sa possession un livre plus susceptible d'intéresser un voleur que des sacs d'or ? Leur expliquer cela aurait signifié la nécessité pour lui de révéler qu'il n'était pas John Billy, mais Jean Delanoix, né à Québec en 1994, c'est-à-dire dans presque un siècle... Non, aucune personne sensée ne goberait une histoire pareille. Il allait devoir s'occuper seul de retrouver l'atlas, comme un grand, même s'il se sentait désespérément petit.

Chapitre 6

Expédition au clair de lune

Jean a choisi, parmi les chevaux ramenés par les deux hommes, la bête la plus petite et la plus docile. Malgré cela, sur le sentier plein d'ornières, il a toutes les misères du monde à rester en selle.

— Peut-être que John vit sur un ranch et monte à cheval tous les jours, mais moi, je n'ai fait que des tours de poneys attelés à un manège de bois !

Jean ne sait pas où se trouve la ville, mais il compte sur l'instinct de la jument pommelée. Tom lui a dit que toute bonne bête revient d'instinct vers son écurie et son avoine. Il est minuit et la lune éclaire la piste. Des aurores boréales étendent leurs rideaux mouvants à travers le ciel étoilé. La jument marche maintenant de son pas tranquille.

Au loin, on voit apparaître des lumières. Jean espère que ce sont celles de la ville. Il presse le pas de sa monture. Il tâte le sac d'or suspendu à la selle. Avant de partir, il a pris un sac vide et a « emprunté » un peu d'or, une toute petite quantité de poudre des sacs du dessus, ceux qui étaient marqués avec un X rouge. Comme ça, Tom et Sam ne s'en rendront pas compte et Jean aura une monnaie d'échange pour récupérer l'atlas. Il a aussi apporté la carabine, mais espère ne pas avoir à s'en servir.

Si Jean a de la chance, il trouvera le saloon où le géant a l'habitude de boire et de manger. Mais le voleur aura probablement déjà vendu le livre pour rembourser ses dettes. À moins qu'il se soit rendu compte de la véritable valeur du livre. Alors il sera peut-être loin, en route vers une ville importante, au Sud du Yukon ou en Alaska, ou… parti à l'intérieur du livre. Retrouver l'atlas risquait d'être long et périlleux.

La ville apparaît derrière un promontoire rocheux. La ville ? En fait, elle ne ressemble en rien à une ville, même pas à un village. C'est plutôt un campement, qui s'est organisé à toute vitesse, comme un champignon qui sort de terre à la faveur de la nuit. Des cabanes de bois, des tentes, des rues boueuses, quelques trottoirs de bois devant le magasin général, la chapelle et le saloon. Rien qui ne résisterait à une bonne tempête ou à l'usure du temps.

Jean attache la jument derrière le magasin général, à l'abri du vent. Le saloon est tout à côté. Jean sait qu'il est trop jeune pour entrer dans cet établissement. Il approche une caisse de bois de la seule fenêtre de la bâtisse.

Le saloon est plein à craquer : partout des hommes sont attablés et boivent, fument, jouent aux cartes et rient bruyamment. Dans un coin, il y a un piano et des femmes qui dansent en soulevant très haut leurs jupes à froufrous. Jean observe attentivement les hommes. Difficile de trouver son voleur : ils sont tous grands, barbus et sales. Un homme approche de la porte et sort à l'extérieur, en manches de chemise. Il s'installe au bout du trottoir de bois et commence à uriner.

« Pouah ! pense jean, ils n'ont pas encore inventé les toilettes ! » Lorsque l'homme se retourne, le garçon le reconnaît immédiatement. Le géant a les yeux dans le vague et chancelle un peu en passant devant lui. L'homme est ivre. Jean descend de la caisse et arme la carabine. Il la pointe dans le dos du géant et dit, d'une voix qu'il essaie de rendre grave et rauque :

— Du calme, l'ami ! J'ai une arme chargée. Je viens récupérer mon livre.

— Quel livre ? Je n'ai pas de livre, je ne sais même pas lire !

— Ça, je m'en serais douté, monsieur le professeur ! Où est-il ? Jean appuie plus fort sur le fusil.

— Je ne l'ai pas, je… je l'ai vendu.

— À qui ?

— Bien… au patron du saloon.

— Combien ?

— Combien quoi ?

— Combien d'argent avez-vous eu pour ce livre ?

— Pas autant que j'en aurais voulu : vingt dollars !

— Donnez-moi l'argent, ordonne Jean.

— Je ne l'ai plus. J'ai dû payer mes dettes et… j'ai bu le reste.

94

Jean presse plus fort le fusil dans le dos de l'homme qui frissonne dans la nuit glaciale :

—Allez chercher le patron. Tout de suite.

—Je lui dis quoi, à monsieur Smith ?

—Ce que vous voulez, mais qu'il apporte le livre. Dites-lui que vous avez trouvé quelqu'un pour le lui acheter à un bon prix. Et pas de magouille, surtout. J'ai le doigt sur la gâchette et il me démange…

Le géant est visiblement trop ivre pour réfléchir. Il entre dans le saloon et va directement parler au patron, qui sert des clients derrière le bar.

Par la fenêtre givrée, Jean observe le colosse qui tente de convaincre le propriétaire de l'établissement. Il voit ce dernier hocher la tête à plusieurs reprises en signe de dénégation. Le géant insiste, montre la fenêtre et pointe son index pour imiter un fusil. Le patron hausse les épaules.

Jean se sent malheureux. Son plan n'a pas fonctionné. Il tremble de tout son corps, autant de froid que de peur. Il a le goût de partir, le plus vite et le plus loin possible.

Contre toute attente, la porte du saloon s'ouvre. Dans le rayon de lumière se dessine la silhouette imposante du patron.

Jean sort timidement de sa cachette. En le voyant, l'homme éclate de rire et se retourne pour revenir dans le saloon.

—Un gamin, elle est bien bonne !

Chapitre 7

L'échange

— **M**onsieur Smith, j'ai de l'or pour payer le livre. Je dois absolument le récupérer, monsieur. C'est urgent !

Le patron s'immobilise et examine Jean.

—Tu n'as pas froid aux yeux, petit, de te promener par ici. Tu devrais être au lit, à cette heure. Mais j'ai pitié de toi, donc je ne te botterai pas les fesses, comme je l'aurais fait si tu avais été mon fils. Ton livre, je ne l'ai plus. Je l'ai vendu. File d'ici et ne te mêle pas des affaires des hommes.

Mais Jean se déplace de manière à bloquer l'entrée du saloon, terriblement conscient qu'il est aussi petit que David devant Goliath. Il insiste :

— À qui l'avez-vous vendu, monsieur ?

— Tu es tenace, gamin. Si tu veux absolument jouer dans l'arène des grands, tu dois savoir que tout renseignement coûte très cher dans ce pays pourri.

— Je peux payer, je vous l'ai dit !

— Alors, montre-moi ce que tu as.

Jean plonge sa main dans le sac et la ressort, couverte de poudre brillante. M. Smith l'examine quelques secondes puis s'exclame, furieux :

— Pour qui me prends-tu ? Ce n'est pas de l'or, ça, c'est de la pyrite, l'or des fous. Fiche le camp avant que je me fâche !

Jean est désespéré, pourtant il ne bouge pas. Est-il possible que Tom et Sam se soient trompés, qu'ils aient travaillé tout ce temps pour extraire trente-cinq sacs de poussière sans aucune valeur ? Non, c'est impossible ! Les sacs étaient marqués d'un X rouge. Pourquoi ? C'était peut-être un piège pour les voleurs… et il serait tombé dedans !

— Attendez, j'ai autre chose à vous montrer.

Et Jean sort de sa poche la roche brillante, grosse comme une balle de ping-pong.

— Ah ! Là, tu parles, mon garçon ! Où as-tu trouvé cette pépite ?

— Ce n'est pas de la pyrite ?

— Je suis honnête, petit. Ce caillou vaut une fortune.

— Je vous le donne, en échange de l'information.

— Tu y tiens vraiment à ce livre, n'est-ce pas ?

— Vous ne pouvez pas savoir à quel point.

— Tu me fais penser à moi quand j'étais plus jeune. Attends ici, petit. Je vais voir ce que je peux faire.

Les quelques minutes paraissent une éternité. Le patron revient finalement avec un paquet emballé. Il demande à Jean de lui décrire ce qu'il y a dedans, ce que le garçon fait avec beaucoup de détails. Puis Jean rajoute :

— Il me vient de mon grand-père. Il m'a fait promettre de ne jamais m'en séparer. Mais ce voleur m'a eu par surprise, ce matin.

— Krak ? C'est de la vermine de la pire espèce. Ne t'acoquine jamais à cette racaille. Mais, je vois que tu es un garçon intelligent et courageux. Tu peux reprendre ton livre.

Jean saisit délicatement l'atlas dont il sent, au travers du papier brun, les reliefs de la couverture. Une vague de chaleur l'envahit. Il tend la main vers le patron du bar pour lui donner la pépite d'or.

— Garde-la, mon garçon. J'aurais l'impression de te voler, moi aussi. Et ne t'en fais pas, je trouverai bien un moyen de faire payer ce Krak.

— Vous êtes formidable, monsieur Smith !

— Allez ! Bonne route, fiston !

Jean est tellement content qu'il aurait sauté au cou de monsieur Smith. Il a enfin retrouvé l'atlas. Il pourra retourner chez lui et il sait maintenant quoi écrire dans sa page de souvenirs.

La jument hennit doucement derrière le magasin général. Elle semble l'appeler. Jean hésite : il peut réactiver le livre ici même et partir tout de suite, mais s'il laisse le cheval et le sac de faux or, il risque de mettre le vrai John dans l'embarras. Il doit retourner à la cabane.

Il enfourche sa monture et la dirige sur le sentier. Il fait encore nuit et la lune illumine la piste gelée. Jean est heureux.

Cette aventure dans le Klondike aura été riche en émotions. Il a dû aller au-delà de ses peurs pour affronter le géant, la nuit et le froid.

Tout est tranquille dans la cabane, les deux hommes dorment. Jean attache la jument pommelée avec les autres chevaux, remet du bois dans le feu et regarde une dernière fois la vallée de l'Eldorado.

Sur la table, il laisse une note à l'intention de Tom, Sam et John :

« La lune était magnifique cette nuit. Méfiez-vous de " l'or des fous ". Bon voyage de retour. Signé : un ami. »

Jean dépose la pépite d'or, bien en évidence sur la table. Puis il note soigneusement ses souvenirs dans l'atlas. Les pages deviennent lumineuses et chaudes : le livre est activé, prêt à emporter l'explorateur qu'il est devenu vers une nouvelle destination. Il choisit une carte et pénètre dans l'atlas.

Quatrième partie

Le continent perdu

Chapitre 1

Le dragon endormi

La première chose qui frappe Jean en arrivant à sa nouvelle destination est un bruit puissant et répétitif, comme la respiration d'une énorme bête. La chaleur aussi est surprenante. Une douce chaleur qui contraste avec le froid glacial du Klondike.

Il reporte son attention sur le bruit. Ce grondement et cette chaleur l'intriguent. Serait-il dans l'antre d'un dragon ? Jean sait très bien que les dragons, comme Drako, le dragon du film, n'existent pas. En l'an 2004 du moins. Mais, ont-ils déjà existé ? Puisque l'atlas permet de voyager dans le temps aussi bien que dans l'espace, peut-être est-il entré dans une époque où les dragons existaient ? Jean s'imagine un instant monté sur un magnifique cheval blanc, en train de sauver une jolie princesse des flammes d'un monstre ailé.

Il fait noir, comme à chaque fois que Jean se glisse dans une nouvelle vie. Il promène prudemment ses mains autour de lui. Il est couché sur... du sable. Du sable très doux et chaud : une plage ! Bien qu'il ne soit jamais allé à la mer, Jean en déduit que le grondement qu'il entend est le bruit des vagues.

—Ouf ! Au moins je n'aurai pas à affronter un dragon !

Jean regarde le ciel : une immense couverture noire piquetée de points brillants. Jean n'a jamais vu autant d'étoiles. C'est vrai qu'à Québec, à moins de s'éloigner des lumières de la ville, on peut difficilement voir plus que la Grande Ourse, Mars et, si on a de la chance, la nouvelle station orbitale.

Derrière lui, un bruit de pas léger se fait entendre. Jean se retourne et ne voit d'abord qu'une lueur bleutée. Puis la lumière devient plus intense et éclaire une femme en robe blanche, avec de

106

longs cheveux noirs retenus par un bandeau doré.

—Juan, tu vas prendre froid, mon garçon !

Jean regarde autour de lui. Il n'y a personne d'autre. C'est donc à lui que s'adresse la dame. Il ne s'habituera jamais à ces fréquents changements de nom. La femme a une voix douce et chantante et elle prononce Rouan, avec un R roulé du fond de la gorge. C'est probablement « sa mère » qui vient le chercher. Jean approche la main de la pierre bleue qui dégage une lumière froide, sans flamme ni fumée.

—Ça va, maman ! La soirée est douce et le sable est encore chaud.

—Toujours à observer tes étoiles ? En as-tu trouvé de nouvelles, ce soir ?

—Euh... non, pas ce soir. Je crois... que je me suis endormi. J'ai rêvé qu'un dragon dormait tout près de moi, sur la plage.

—Tu fais de drôles de rêves, Juan. Tu devrais en parler à ton père. Mais, dis-moi, qu'est-ce qu'un dragon ?

—Euh... Une grosse bête qui crache du feu et qui a de petites ailes et une grande queue. Tu sais bien, Drako, le dragon.

107

— Je crains que tu n'aies attrapé froid, Juan. Viens vite à l'intérieur, je vais te préparer une tisane. Et n'oublie pas ta lunette.

Jean regarde autour de lui et aperçoit dans le sable, posé à côté de l'atlas, un objet cylindrique qui ressemble vaguement à un télescope. Il ramasse les deux objets et suit la dame. Il se demande vraiment où il a pu « atterrir ». Tout ce qu'il sait, c'est est qu'il est au bord de la mer, qu'il a déjà trouvé des étoiles avec une lunette et que « sa mère », qui s'éclaire avec une pierre bleue, ne connaît rien aux dragons.

Étrange, très étrange !

Chapitre 2

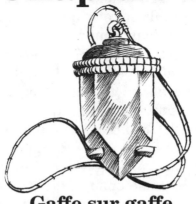

Gaffe sur gaffe

L a maison est étonnante. À la fois moderne et ancienne, riche et rustique. Elle est très grande, les murs sont en pierre et les corridors sont recouverts de dessins. Pas le genre de graffitis affreux qu'on retrouve sur les portes des toilettes, à l'école, non ! Des paysages, des personnages et des animaux joliment dessinés, avec d'incompréhensibles écritures en pattes de mouches. C'est presque une bande dessinée.

Dans la pièce qui doit servir de salon, il n'y a pas de bibliothèque, de système de

111

son ou de téléviseur. Encore moins d'ordinateur ou de Nintendo. Il n'y a qu'un foyer
et des fauteuils en rotin qui entourent une
table basse. Jean remarque avec surprise
un jeu de «tuiles chinoises» étalé sur la
table, le même jeu avec lequel joue sa
«vraie mère» à Québec. Là encore, des
peintures couvrent les murs.

Jean suit la dame à la cuisine. Après
avoir allumé quelques lampes avec sa
pierre bleue, elle ravive le feu dans le
foyer. Elle puise ensuite de l'eau qu'elle
met à bouillir dans un chaudron au-
dessus de la flamme. Pas de poêle ni de
réfrigérateur, pas d'eau courante ni
d'électricité.

Ils sont dans le passé, ça c'est certain,
mais à quelle époque et dans quel pays ?
Jean ne saurait le dire. En quelques
minutes, ils se retrouvent à table devant
un bol de thé et des petits gâteaux.

— Alors Juan, raconte-moi ta journée.

— Euh... (Jean est surpris par la question. Il ne peut quand même pas parler du
Klondike. Il serre très fort l'atlas sur ses
genoux en espérant trouver une idée.)
Euh... rien de spécial, la même chose
qu'hier. Et toi ?

La jeune femme ouvre de grands yeux
surpris :

— Juan ! Tu m'avais promis de ne pas recommencer. Ton père t'a pourtant dit que ces grottes sont extrêmement dangereuses lorsque la marée monte. Tu as failli te tuer, hier…

— Non, maman, je n'y suis pas retourné. C'était une blague !

— Ne me fais plus jamais une telle peur, Juan. J'ai eu assez de perdre ton frère l'an dernier, je ne veux pas te perdre aussi. Je veux que tu restes près d'ici. Les prêtres annoncent du mauvais temps pour les prochains jours.

— D'accord, maman. Je peux aller me coucher maintenant ?

Jean prend un couloir au hasard.

— Où vas-tu, Juan ?

— Aux toilettes, maman.

— Aux quoi ? Vous apprenez de drôles de mots à l'école. Les latrines sont dans la cour. Et tu as un pot dans ta chambre.

— Merci ! Je blaguais… encore !

Jean a hâte de trouver sa chambre, un lit ou n'importe quoi pour dormir. Il emprunte un autre couloir d'où il a cru entendre des ronflements. Des ouvertures dans le mur avec des rideaux de perles délimitent les chambres. Il entre dans une chambre au hasard : les deux lits sont occupés.

—Ne réveille pas tes sœurs, Juan. Attends, je vais faire de la lumière.

Elle se dirige vers la dernière chambre au fond du couloir : il y a deux lits de bois inoccupés. Elle allume la lampe de chevet à l'aide de sa pierre bleue. Jean s'assoit sur un des lits. Sa mère se précipite sur lui et le relève avec un air affolé.

—Juan, que fais-tu là ? C'est le lit de ton frère. Tu sais pourtant qu'on ne doit pas utiliser le lit de quelqu'un qui est mort, sous peine d'attirer le malheur dans la maison. Demain, tu iras voir le grand prêtre Utsas. Tu lui demanderas quels sacrifices nous devrons offrir pour échapper à la malédiction que tu viens certainement de provoquer.

—Pardonne-moi, maman. Je suis tellement fatigué que je ne sais plus ce que je fais.

—Ça va. Dors maintenant, tu as de l'école demain.

Jean n'est pas vraiment sûr d'aimer sa nouvelle vie. Il est à peine arrivé qu'il collectionne les gaffes. Demain, il devra aller dans une école qu'il ne connaît pas, avec des camarades qu'il n'a jamais vus, puis consulter le grand prêtre Utsas, il ne sait où, pour expliquer une gaffe qu'il ne comprend pas...

Jean sent l'envie de pleurer lui monter dans la gorge. Sa maman lui manque, son père et même Junior, son petit frère. Et tout ce qu'il connaît lui manque terriblement. Il s'endort pourtant, bercé par le son des vagues, sur une terre perdue au milieu de nulle part.

Chapitre 3

Surprise au réveil

Ce n'est pas le grondement des vagues sur la plage ensoleillée qui réveille Jean, ni même le bavardage de ses sœurs aînées, Maria et Josia.

Non, le bruit est tout autre, une espèce de sifflement aigu, comme celui d'un avion à réaction qui décolle au loin, sur une piste d'aéroport. Jean saute de son lit et ouvre les volets. Le soleil envahit la chambre et l'éblouit un moment.

Puis, devant lui, à une dizaine de mètres, il aperçoit l'objet le plus inusité, le plus fantastique qu'il ait vu de sa vie :

117

une voiture ou un avion, non, plutôt un objet volant non identifié ! Il a la forme d'un mince cigare muni de courtes ailes. Il flotte à un mètre du sol avec un sifflement doux. Un homme, assis à l'intérieur, manœuvre un volant. Il fait un signe de la main à Jean et s'envole dans les airs.

Jean n'en croit pas ses yeux : ils n'ont pas l'électricité, ni la télé ; les toilettes sont au fond de la cour, mais ils volent dans les airs. Et tout le monde semble trouver ça normal. Incroyable !

— Juan, ton père vient de partir, viens manger.

Jean s'habille rapidement avec les vêtements que sa mère a déposés au pied de son lit. Il enfile un short blanc qu'il serre avec un cordon, puis une tunique sans bouton. Des sandales de cuir complètent sa tenue. Jean aurait aimé voir à quoi il ressemble, mais il n'y a pas de miroir dans la pièce. Il sait cependant que sa peau a une teinte cuivrée, comme celle de la dame.

Il se dirige ensuite vers la cuisine où une assiette l'attend, avec des œufs énormes et du pain. Il s'assoit entre ses deux sœurs qui le regardent avec mépris.

— Tu n'as pas mis ta pierre de vie ?

— Ma quoi ?

— Ne joue pas à l'idiot, Juanito. Tu as fait suffisamment de bêtises depuis quelques jours.

Jean a eu un tressaillement en entendant son surnom. Pour la première fois depuis qu'il utilise le corps d'un autre, il a l'impression que cet autre est toujours présent, même si c'est lui qui en a le contrôle. Et il se doute bien que le vrai Juan n'aime pas se faire appeler par un surnom ridicule, surtout par ses sœurs aînées.

Il regarde tour à tour ses deux sœurs, puis sa mère. Elles ont toutes la fameuse pierre bleue accrochée sur une chaînette en argent. Ça doit être ça, la pierre de vie.

Il court à sa chambre et fouille sur sa table de chevet. Sa pierre de vie est là, un peu plus petite que celle de sa mère. Jean pense que cette pierre doit avoir une grande importance pour les gens d'ici, et pas seulement pour allumer des lampes. Un autre mystère qu'il devra éclaircir avant de partir.

Il remarque l'atlas sur la table. Il hésite à le prendre. S'il se promène avec, il aura l'air encore plus étrange qu'il ne l'est déjà. Il prend le livre et le cache sous son matelas.

— Espérons que mes gentilles sœurs ne sont pas du genre « nez fourré partout » !

Sans se faire remarquer, il suit ses sœurs sur le chemin de l'école. Bientôt, un garçon au teint cuivré le rejoint et il se met à discuter avec lui. Jean répond aux questions faciles puis, lorsque la conversation se corse sur des questions d'histoire et de sciences physiques, il prétexte un gros mal de gorge.

Il suit son nouveau copain dans sa classe et attend que tout le monde se soit assis avant de trouver sa place. Le professeur, un petit vieillard avec une grande barbe et une robe blanche, entre dans la classe. Tous ensemble, les élèves se lèvent et disent, la main droite sur leur pierre de vie :

— Longue vie à vous, maître Matisse.

Le maître répond de la même façon :

— Longue vie à vous, mes enfants. Nous avons beaucoup de travail aujourd'hui. Nous allons réviser l'histoire de notre beau pays et préparer l'examen de composition dont le sujet sera : « Comment imaginez-vous l'avenir de l'Atlantide ? »

Chapitre 4

Le mythe de l'Atlantide

— L'Atlantide ? Jean n'en croit pas ses oreilles. L'Atlantide n'existe pas. Enfin, elle n'existe plus, si toutefois elle a déjà existé.

Lorsque Jean avait fait sa recherche sur les « civilisations disparues », son professeur lui avait dit que l'Atlantide n'était qu'un mythe, un récit fabuleux. Qu'on ne pouvait trouver, nulle part dans le monde, une preuve de son existence. Jean avait quand même fait quelques recherches sur Internet et avait découvert que les Atlantes, selon les écrits d'un philosophe grec nommé Platon, auraient vécu il y a plus de 11 000 ans, ce qui correspond à l'époque des Hommes de Cro-Magnon. Cependant, ces hommes étaient loin d'être préhistoriques. Ils travaillaient les métaux, fabriquaient des armes et partaient en guerre pour conquérir d'autres continents. Leurs réalisations artistiques étaient très importantes ainsi que leurs connaissances scientifiques.

Des hypothèses farfelues prétendaient que les habitants de ce continent auraient pu recevoir l'aide de visiteurs venus de l'espace ou qu'ils étaient les descendants de ces extraterrestres ! Comme le lui avait dit son professeur, aucune preuve n'existait, ni ruine, ni vase précieux, ni pointe de flèche. Le continent aurait été englouti dans la mer, à la suite de terribles tremblements de terre et de raz de marée. Et tout ça, comme l'écrivait Platon, « en l'espace d'un jour et d'une nuit terribles ».

Si Jean est vraiment en Atlantide, parmi les Atlantes, le mythe n'est donc pas un mythe, mais une réalité. S'il réussit à rapporter une preuve de l'existence de ce continent, avant qu'il ne sombre dans la mer, il deviendra un héros !

Mais, d'abord, il doit écouter attentivement le cours de maître Matisse et prendre des notes qu'il transcrira ensuite dans l'atlas. Et, si possible, il devra mettre en garde les Atlantes contre le malheur qui va les entraîner dans les profondeurs de la mer. Le séjour sur Atlantide promettait d'être passionnant !

Chapitre 5

Le cours
de maître Matisse

A lors Juan, en quelle année la civilisation atlante a-t-elle débuté ?

— Euh… environ dix mille ans avant
Jésus-Christ ?

— Jésus-Christ ?

— Enfin, c'est ce que Platon a écrit.

— Platon ?

— Euh… rien… Je ne sais pas !

Le maître le regarde en fronçant ses
sourcils broussailleux. Jean voudrait fon-
dre et disparaître sous les tuiles du plan-

cher. Il comprend tout à coup son erreur. Les Atlantes ne pouvait pas connaître Jésus puisque celui-ci n'était pas encore né. Platon non plus, d'ailleurs. Jean se met à tousser et fait signe qu'il ne peut plus parler.

— Vous resterez après la classe, Juan, et m'expliquerez ce que signifient ces paroles étranges. Pour le bénéfice de tous et surtout pour rafraîchir votre mémoire, Juan, je vais continuer la leçon. Nous fêterons bientôt le 500e cycle de l'arrivée de nos ancêtres en terre atlante. Comment s'appelaient ces ancêtres, Claudius ?

— Renaldo et Giacomo ?

— Bien ! Ils sont arrivés du continent sur de grandes barques, avec femmes et enfants et des animaux domestiques. Combien étaient-ils, Julia ?

— Cent vingt-cinq, je crois, sans compter les animaux !

— Merci pour ce détail, Julia. Ils se sont donc installés sur l'île et ont fondé une colonie. Ils ont trouvé, sur cette île, tout ce dont ils avaient besoin : bois et pierres pour construire ; arbres fruitiers et animaux pour se nourrir. La température était clémente pour les cultures. Quel événement a transformé la vie des habitants ?

— Une maladie ?

— Non, bien avant cela.

— Un orage ! Un orage très violent qui a tué des enfants.

— Oui, Marco. Sept enfants sont morts, mais deux ont survécu, Rena et Pedro. Ces deux enfants en furent transformés. Ils avaient des visions qu'ils expliquaient à leurs parents en traçant des dessins dans le sable. À l'époque, le feu était un don du ciel. Que signifie l'expression « don du ciel », Maria ?

— Le feu était un don du ciel, car les dieux qui résident dans le royaume céleste en font don aux habitants de la Terre.

Jean n'en croit pas ses oreilles. Le feu du ciel, c'est la foudre et elle se forme dans les nuages et non dans les mains d'un dieu quelconque. S'il avait répondu à cette question, il aurait plutôt dit que la foudre venait du démon, car Jean n'aime pas les orages, surtout ceux qui l'empêchent de dormir la nuit.

— Bravo, Maria ! La première vision des deux enfants leur a permis de fabriquer le briquet. Ainsi le feu était-il accessible en tout temps, sans l'intervention des dieux.

— À l'époque, nos ancêtres ne connaissaient que le travail de la pierre. Rena et Pedro leur montrèrent comment les différents métaux, tels le cuivre, l'étain et l'or, pouvaient être extraits de la roche et de la terre. Ils fabriquèrent des forges où les métaux étaient fondus, mélangés et façonnés en outils, en armes et en objets d'art.

Voyant qu'il a capté l'intérêt de ses élèves, et particulièrement celui de Juan, le rêveur de la classe, le maître poursuit :

— Il ne se passait pas dix jours sans qu'une nouvelle idée ne germe dans leurs jeunes cerveaux. Plus tard, Rena et Pedro se marièrent et eurent 15 enfants qui reçurent, en héritage, l'intelligence de leurs parents. Chacun excellait dans sa discipline, que ce soit l'architecture, l'astronomie, l'alchimie, la musique, les arts de la peinture, de la guérison des corps et de la philosophie. Ensemble, ils construisirent la cité dans laquelle nous vivons. Ils la firent magnifique, avec ses enceintes de pierres rouges, blanches et noires, et ses murs recouverts d'étain, de cuivre et d'orichalque aux reflets de feu. Qu'est-ce que l'orichalque, Mathilde ?

— C'est un métal qu'on extrait dans l'île et qui n'existe pas ailleurs.

— Et quelle est sa principale caractéristique ?

— Ses reflets de feu ?

— C'est un très beau métal, en effet, mais il surpasse les autres métaux, car il

128

est le plus résistant de tous. Avec l'orichalque qui entre dans la fabrication des armes, notre armée fut longtemps la plus forte et elle fit de nombreuses conquêtes sur les terres habitées au-delà des mers. Ceci permit aux Atlantes de devenir un peuple riche, puissant et redouté. La population dépassait alors 10 000 habitants.

— Quel autre événement important changea la vie des Atlantes ? Philipo ?

— La pierre de vie ?

— Oui, la pierre de vie ! C'est, sans l'ombre d'un doute, le plus merveilleux don du ciel. À une certaine époque, une épidémie de fièvres fit rage dans la ville. Beaucoup d'habitants en moururent. Des expéditions furent organisées pour chercher, aux quatre coins du continent, un remède à ce mal dévastateur. Certains ramenèrent des herbes, des champignons, des élixirs, des recettes alchimiques, mais rien qui ne réussit à guérir ces fièvres. Un jeune berger, du nom de Joseph, ramena un fragment d'une roche qui était tombée du ciel dans un de ses pâturages. La pierre était d'un bleu azur et dégageait une lumière bleutée. La pierre de Joseph avait le pouvoir d'éloigner les fièvres et d'assurer une très longue vie à ceux qui la portaient. Depuis ce temps, chaque enfant qui naît reçoit une pierre de vie, taillée à même la roche tombée du ciel.

— Et la voiture volante ? Comment fonctionne-t-elle ?

— La voiture volante ? C'est comme cela que Manuel, votre père, appelle sa nouvelle invention ? Demandez-le lui, Juan !

Jean n'en revient pas : le père de Juan a inventé lui-même cette petite merveille. Mais la voiture sera-t-elle assez puissante pour les transporter sur un autre continent si l'île est menacée ? Manuel pourra-t-il en construire suffisamment pour sauver tous les habitants de l'Atlantide ? Et comment savoir à quel moment ils devront fuir ? Les questions se bousculent dans la tête de Jean et il est impatient que la classe finisse pour en discuter avec Manuel.

En sortant de l'école, ses copains l'entraînent vers un terrain vague. Ils se lancent un ballon en cuir, cousu avec de la grosse corde. Le jeu ressemble étrangement au soccer. Puis Jean se rappelle avec angoisse qu'il doit rencontrer le grand prêtre Utsas. Il salue ses copains et se dirige en courant vers le temple, au centre de la ville.

Chapitre 6

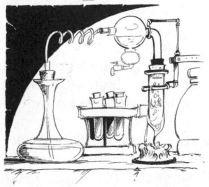

Chacun dévoile ses secrets

Une heure plus tard, Jean est de retour. Sa rencontre avec le grand prêtre s'est relativement bien passée, compte tenu qu'il a failli faire tomber une statue, qu'il a parlé alors qu'il n'avait pas été invité à le faire et qu'il n'avait pas d'argent pour payer les services du prêtre. Il va à la cuisine, où sa mère prépare le repas, et prend un fruit dans un panier sur la table.

—Maman, tu n'as plus à t'en faire. Le grand prêtre Utsas a dit que la période de deuil est terminée et que le malheur n'arrivera pas dans la maison. Il a ajouté que ça te coûtera deux poulets, enfin deux canards, pour la consultation. Papa est arrivé ?

— Merci mon garçon. Oui, ton père est dans son atelier.

Jean ne sait pas où se trouve l'atelier de Manuel, mais, bientôt, une explosion et une exclamation lui en indiquent le chemin.

— Papa, veux-tu que je t'aide à tout nettoyer ?

— C'est gentil de ta part. Je crois que ma dernière expérience a été un peu… explosive ! J'ai dû mettre trop de cette poudre noire.

— De la poudre à canon ? C'est très dangereux, papa. Tu ne devrais pas travailler avec ça.

— Comment as-tu appelé ça ?

— Euh… j'ai inventé un nouveau nom : de la « poudre à canon ». J'aimerais que tu m'expliques comment fonctionne ta voiture volante.

— La voiture volante, quel nom intéressant… Je veux bien t'en parler, mais ce que je vais dire doit rester entre nous. Ce sera notre secret, Juan, d'accord ?

— Bien sûr, papa !

— Le principe est d'utiliser la pierre de vie en combinaison avec l'orichalque, ce métal aux reflets de feu. Si je fabrique un cylindre en orichalque et que je fixe les pierres de vie sur un cylindre plus grand qui le recouvre, le cylindre intérieur se met à tourner. J'ai rajouté de petites ailettes sur le cylindre intérieur et, surprise, j'ai pu faire tenir ce truc dans les airs !

—C'est fantastique ! Est-ce que c'est une espèce de turbine ?

—Une turbine ? Oui… j'aime bien le nom.

—L'orichalque et la pierre de vie, on ne peut les trouver que sur cette île, si j'ai bien compris ?

—En effet. J'ai essayé tous les autres matériaux qui sont extraits sur l'île et ceux qui ont été ramenés des autres continents et rien ne fonctionne. Cette pierre doit avoir des pouvoirs très particuliers.

—Papa, j'ai quelque chose d'important à te dire.

—Tu t'es fait une petite amie ?

—Non ! Pas du tout ! C'est tellement important que je ne suis pas sûr que tu vas me croire.

—Pourquoi, mon garçon ? C'est un secret ? Une nouvelle invention ?

—Non, papa ! Je veux que tu m'écoutes sans m'interrompre. Et ne me demande surtout pas où j'ai pêché cela.

— Ça a l'air sérieux. Je t'écoute, Juan.

— Je ne sais pas quand cela se passera, mais il va arriver un grand malheur. Cette île, l'Atlantide, va couler à pic et se retrouver au fond de la mer. Tout se passera très vite, en l'espace d'un jour et d'une nuit terribles. Il y aura des tremblements de terre, des raz de marée, des inondations. Il ne restera plus rien de la civilisation atlante. Plus rien, absolument aucune preuve de son existence.

— Calme-toi, mon fils. Tu dis des choses absolument… incroyables !

— Je savais que tu ne me croirais pas. Mais c'est exactement ce qui va se passer.

— Qui t'a dit ces choses-là ? Est-ce que ça a un rapport avec l'alignement des planètes ou le renversement des pôles magnétiques ?

— Je ne sais pas de quoi tu parles, papa. Crois-moi, c'est tout.

— Bon, admettons que ce soit vrai, que peut-on y faire ? Tu dis toi-même qu'on ne sait pas quand ça arrivera. Dans un jour, un cycle, mille cycles ?

— Il faut être attentif aux signes.

— Quels signes ?

— Je ne sais pas, les tremblements de terre, par exemple.

—Il y en a souvent. Tu as dû t'en rendre compte toi-même. Le dernier date d'hier.

—Hier ? Il était fort ?

—Oui... Non... Comme d'habitude, je crois. Un peu plus long, peut-être. Tu ne te rappelles pas ? Nous sommes tous sortis de la maison, de peur qu'elle ne s'écroule.

Jean fait semblant de se rappeler :

—Bien sûr, comment oublier ! Ta voiture volante, tu crois qu'elle pourrait voler jusque sur les autres continents ?

—Non ! Oui... Enfin... Elle pourrait s'y rendre, mais je devrais utiliser une grande quantité de pierres de vie. Et les grands prêtres s'y refusent. Ils pensent qu'au rythme où la population augmente, nous aurons épuisé la roche mère d'ici deux cents cycles.

—Mais il n'y aura peut-être plus d'île dans deux cents ans... euh... deux cents cycles.

—Ce ne sera pas facile de faire croire ça aux grands prêtres.

—On peut leur dire que... j'ai eu des visions, des « communications » avec les dieux. Qu'ils m'ont fait voir l'avenir et que l'île n'existerait plus ni ses habitants. Et que la seule façon d'éviter la disparition du peuple atlante serait d'utiliser ta voiture volante, beaucoup de voitures volantes.

—Ça pourrait peut-être fonctionner... Dis, Juan, tu n'y crois pas trop à toutes ces histoires de dieux ?

—Non, pas vraiment. Les croyances vont beaucoup changer dans les prochains millénaires. C'est... euh... les dieux qui me l'ont dit !

—Eh ! bien, mon garçon. Pour une révélation, c'en est toute une. Il t'a fallu beaucoup de courage pour me raconter ça. Demain, j'irai voir les grands prêtres et je leur en parlerai. Maintenant, va vite rejoindre ta mère. J'ai entendu dire que tu avais une composition à faire.

—Oui, je dois discuter de la plus grande invention des Atlantes.

—Et, selon toi, qu'est-ce que c'est ?

—De ta voiture, bien sûr, et comment elle sauvera le peuple atlante !

Chapitre 7

La catastrophe
annoncée

La terre tremblait. Cela avait commencé par une très légère vibration, comme les ailes d'un papillon prisonnier dans le creux de la main. Puis un grondement sourd était sorti du ventre de la terre, hésitant d'abord, puis de plus en plus fort. Et menaçant...

C'est la nuit, une nuit noire et sans lune. Jean est sorti de la maison qui commence à se fissurer de partout. Il a la désagréable impression d'être sur un immense plat de Jello, remué par un ogre affamé.

Toute la famille de Juan est dehors, dans le jardin. Ils se serrent les uns contre les autres et les deux sœurs pleurent. Jean et Manuel se regardent et comprennent qu'ils doivent tenter quelque chose. Tout de suite.

Manuel entraîne sa femme et ses deux filles à l'arrière de la maison. Une voiture volante les attend. Cette voiture est plus grande que celle que Jean a vue ce matin, mais sera-t-elle suffisamment puissante pour les transporter sur un autre continent ?

Manuel retire les pierres de vie du cou de sa femme et de ses filles. Jean retire également la sienne et la donne à Manuel. Il aurait aimé ramener un souvenir de l'Atlantide, mais il sait que Manuel en a plus besoin que lui. Celui-ci dispose les pierres autour de la turbine. La voiture émet alors un sifflement doux et se soulève de quelques centimètres.

Manuel installe sa famille à bord puis fait signe à Jean de les rejoindre. Jean lui répond d'attendre quelques secondes. Le vrai Juan doit partir avec sa famille. Peut-être auront-ils une chance de s'en sortir, de survivre à cette catastrophe qui

138

engloutira un continent, une civilisation entière. Lui, Jean Delanoix, va s'éclipser comme il est venu, grâce à l'atlas. Il a déjà suffisamment changé le cours de l'histoire...

La terre tremble toujours. Les vagues s'écrasent avec fracas sur la plage tout près. La maison de Juan commence à s'écrouler. Jean se cache derrière un mur, où une lampe bleue est restée allumée. Il ouvre le livre et feuillette rapidement les pages.

La carte est là. C'est la plus merveilleuse carte de tout l'atlas, la carte qu'il ne pensait jamais revoir. Durant la soirée, Jean a amorcé l'atlas en transcrivant l'incroyable histoire des Atlantes. Il ne voulait pas partir si vite, mais il n'a pas d'autre choix que de redonner son corps au vrai Juan, pour qu'il puisse partir avec sa famille. La terre bouge sous ses pieds et le grondement de la mer se fait de plus en plus inquiétant.

Jean met le doigt sur la carte, exactement à l'embouchure du fleuve Saint-Laurent. Le livre se met à briller de sa lumière bleutée qui, Jean le remarque avec surprise, ressemble étrangement à la lumière dégagée par la pierre de vie. Son doigt disparaît dans la page, suivi par sa main et son bras. Jean a une dernière pensée avant de s'enfoncer plus profondément dans l'atlas :

— Protégez la famille de Manuel et faites que je me retrouve chez moi, dans mon lit, avec ma famille, et en l'an 2004... après Jésus-Christ !

Puis il rajoute, avant de disparaître :

— S'il vous plaît !

Épilogue

Il fait noir. Jean ne s'en fait plus, car il fait toujours nuit lorsqu'il arrive dans une nouvelle vie. Et dire qu'il avait peur de l'obscurité avant. Il avait peur de beaucoup de choses aussi : de la nouveauté, des gens qu'il ne connaissait pas, des gens qui n'avaient pas la même couleur de peau que lui, qui ne pensaient pas comme lui. Il avait peur de son ombre aussi, quelquefois...

Jean étend la main et tâtonne autour de lui : la pièce est très petite, les murs sont froids et lisses. Il est assis sur un tapis et touche un objet dur qu'il reconnaît aussitôt : sa lampe de poche. Il l'allume. Il est dans la garde-robe de sa chambre, exactement à la même place d'où il est parti, quelques jours ou quelques secondes plus tôt. Il est chez lui, maintenant, CHEZ LUI ! Jean sort de la garde-robe, s'assoit sur son lit et allume sa lampe de chevet.

Son frère est dans le lit d'à côté et il dort, sa doudou remontée sur son nez. Il n'a pas changé. Lui, Jean Delanoix, oui ! Pas physiquement, bien sûr, mais dans sa tête. Il a grandi et il sait qu'il ne sera plus jamais le « p'tit Jean de rien du tout ! »

Il prend l'atlas et l'examine. Il connaît par cœur tous les signes sculptés sur la couverture. Il l'ouvre. Des feuilles s'en échappent. Ce sont les pages qu'il a écrites, les souvenirs de ses voyages. Au même moment, sa mère entre dans sa chambre. Jean devient rouge et se précipite pour ramasser les feuilles. Sa mère se penche en même temps et met sa main sur celle de Jean :

— Ça va, mon garçon, ne te cache pas. Nous savons, ton père et moi, que tu es parti explorer le grand monde. As-tu fait de beaux voyages ?

— Euh... oui, bien sûr ! Mais... comment savez-vous ?

— Tu n'es pas le premier à voyager grâce à l'atlas. Chacun trouve, dans ces voyages, ce dont il a besoin : courage, générosité, estime de soi ou des autres.

—Et la joie de retrouver sa famille, aussi.

Sa mère prend l'atlas en souriant et caresse du bout des doigts les motifs de la couverture.

—Je vais le ranger demain, maman, ne t'inquiète pas !

—Non, mon garçon, laisse-le ici. Peut-être vais-je y jeter un coup d'œil. Après tout, vous semblez, ton père et toi, avoir fait de magnifiques voyages grâce à cet atlas.

Elle dépose le livre sur la table de chevet et ferme la lampe en murmurant :

—Bonne nuit, mon grand.

—Maman ?

—Oui ?

—Redis-moi encore mon nom, tu veux bien ?

—Bonne nuit, Jean.

—Merci, maman !

Diane Bergeron

 Diane Bergeron est née en 1964, dans une région du Québec qui a connu sa ruée vers l'or. Après de longues études qui lui apprennent à faire des recherches et quatre enfants qui lui enseignent la patience, elle commence à écrire. Pour son plus grand bonheur et celui des jeunes qu'elle côtoie, Diane signe ici le premier tome d'une trilogie qui entraînera ses lecteurs au cœur même des meilleurs moments de l'histoire, dans des pays exotiques.

Lorsqu'elle n'écrit pas, Diane fait de la planche à neige et du golf, mais pas souvent, parce que ce qu'elle préfère, c'est écrire !

Diane Bergeron

TOME 2
L'atlas
perdu

L'atlas perdu
tome 2

L'atlas a disparu. Ainsi que la mère de Jean. Sa vraie mère ! Comment Jean retrouvera-t-il l'atlas mystérieux, celui qui voyage sur les ailes du temps et de l'espace ? Ce deuxième tome de la trilogie transportera avec bonheur ses lecteurs à la suite de Jean Delanoix, le jeune explorateur. Voyager n'aura jamais été aussi excitant !

Parution : septembre 2004

Diane Bergeron

TOME 3

L'atlas
détraqué

L'atlas détraqué
tome 3

Il fait chaud avec une jambe dans un plâtre. Tous les amis de jean sont en vacances au bord de l'eau pendant que lui est condamné à ne pas quitter sa chambre.

Jean Delanoix s'est bien promis de ne pas toucher à l'atlas. Pourtant, comment résister à l'appel de l'aventure ? Toute bonne chose a une fin, dit-on. Dans le troisième tome de cette trilogie, l'atlas n'échappe pas à son destin. Mais quelle fin !

Parution : février 2005

Achevé d'imprimer
sur les presses de
AGMV-Marquis
en mars 2004